Sarah DARS

La Morte du Bombay Express

Roman policier

Éditions
Philippe Picquier

DU MÊME AUTEUR
AUX ÉDITIONS PHILIPPE PICQUIER

Nuit blanche à Madras, poche n° 131

Coup bas à Hyderâbâd, poche n° 140

Ramdam à Mahâbalipuram, poche n° 159

© 2002, Editions Philippe Picquier
　Mas de Vert
　B.P. 150
　13631 Arles cedex

En couverture : photo Roland et Sabrina Michaud, © Rapho

Conception graphique : Picquier & Protière

ISBN : 2-87730-602-X
ISSN : 1251-6007

En tendre hommage à Karl Flinker,
l'ami très cher

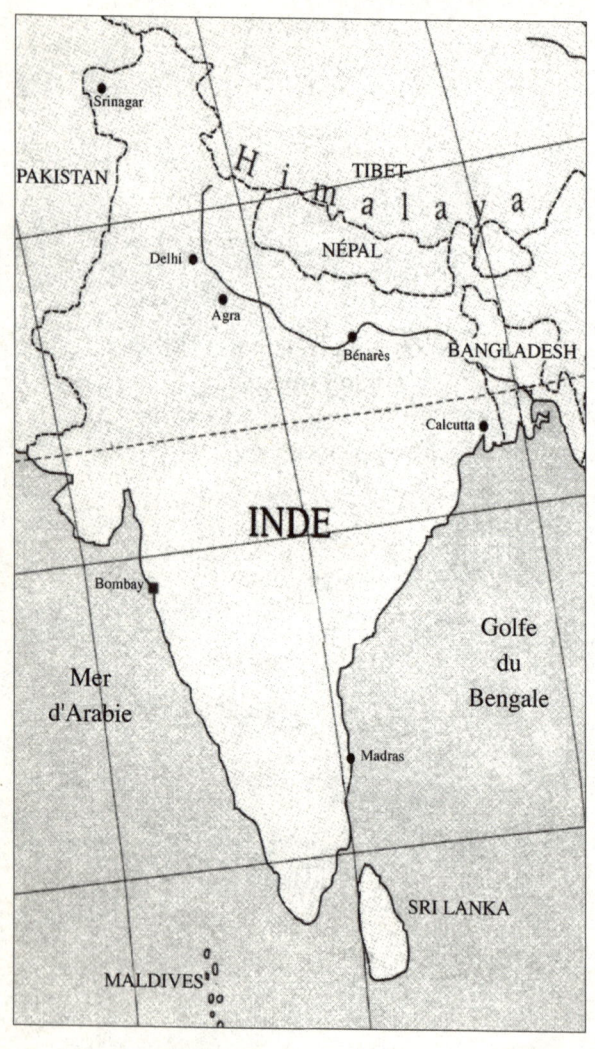

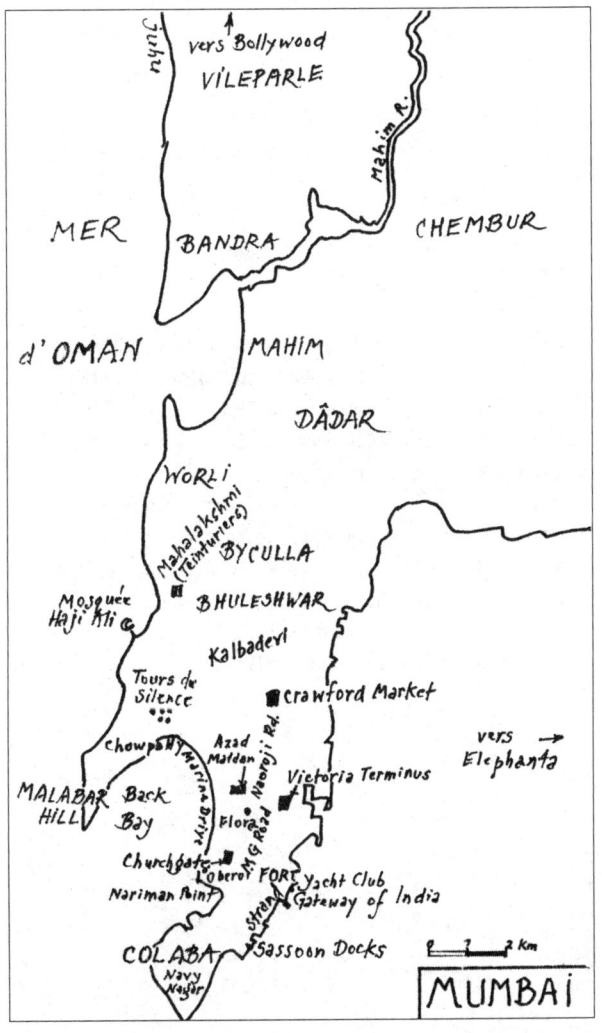

Personnages

Doc	brillant médecin, de caste brahmanique
Arjun	son meilleur ami, médecin et brahmane
Kaustubh Sen	beau-frère de Doc
Kamalâ Sen	belle-sœur de Doc
Tâmrâ Dutt	actrice célèbre
Bijal Dutt	son fils, producteur de films
Priyankâ Dutt	épouse du producteur
Medhâ Thiyam	commissaire de police, dite « le Patron »
Raghunâth Kesri	secrétaire particulier des Dutt
Amritâ Kesri	sa sœur aînée
Kapil Basu	industriel de Bombay

Chapitre 1

Comme pour justifier son nom, l'express commençait enfin à prendre de la vitesse.

En réalité, bien que beaucoup le nomment ainsi par pure habitude, ce n'est nullement le Bombay Express. Si l'on en croit ce qui est écrit sur les horaires, les billets et chaque wagon du train lui-même, il s'agit du Chennai-Dâdar Express, pour la bonne raison que Madras, son point de départ, se dit Chennai en tamoul et que son terminus se trouve à Dâdar, dans la banlieue de Bombay.

D'ailleurs, même si son nom était bien Bombay Express, on devrait lire et dire Mumbai Express car, depuis quelques années déjà, Bombay a été officiellement rebaptisée Mumbai.

C'était donc le Chennai-Dâdar Express qui venait de gagner de la vitesse, après un arrêt un peu long et apparemment inutile à Perambur. Il faisait déjà assez chaud et l'air conditionné peinait à se mettre en marche. Aussi cette attente avait-elle agacé plus d'un voyageur de première classe, comme cette imposante matrone qui couvait ses enfants à la manière d'une grosse poule et disait à qui voulait l'entendre qu'elle était originaire de Nellore.

— Vous pensez, alors qu'il faut déjà faire en bus le trajet de Nellore à Chennai, on doit être à la gare à huit heures trente du matin, pour rester là à attendre au beau milieu des buffles, des mendiants et des marchandises, n'être autorisé à monter dans le train qu'à neuf heures et ne partir pour de bon qu'après dix heures largement passées, à cause de ces voyageurs de marque qui sont toujours en retard ! Et après ça, on traîne et on s'arrête pour rien dans tous les faubourgs ! Il faut vraiment être obligé de voyager...

Elle n'était pas la seule à soupirer et à maugréer, et les conversations n'avaient eu, elles, aucun mal à démarrer.

Un petit homme vif au teint sombre sortit de son compartiment, suivi de près par un autre un peu plus grand. Ils allèrent chacun ouvrir une fenêtre du couloir et aspirèrent goulûment l'air, à peine refroidi par la vitesse, qui s'engouffrait en les décoiffant. L'un d'eux fit alors une réflexion, sans doute amusante, car ils éclatèrent de rire puis remontèrent les fenêtres à demi et décidèrent d'aller faire un tour. Le moins grand des deux revint prestement sur ses pas et, lorsqu'il rejoignit son compagnon, il serrait contre lui, comme si c'était son bien le plus précieux, un long parapluie un peu défraîchi. Ils parcoururent les couloirs des premières classes en jetant un coup d'œil discret dans les compartiments-couchettes, à deux ou quatre places, identiques au leur. La plupart des gens avaient sans tarder revêtu une tenue confortable, parfois même un pyjama. Certains s'étaient allongés, d'autres se battaient contre la climatisation récalcitrante, d'autres encore bavardaient ou jouaient aux cartes. On entendait partout des coups de sonnette impatientés.

Arrivés à la hauteur des premières classes assises, ils marquèrent un arrêt, car le couloir lui-même était encombré de voyageurs installés par terre et d'innombrables ballots qu'il fallait enjamber pour passer.

— Le problème, c'est que cette même place a dû être vendue à trop de monde à la fois ! plaisantait sans rire un grand bonhomme en costume trois-pièces avec attaché-case, qui cherchait à prouver que son billet correspondait à un siège déjà occupé et disputé de plus par trois autres personnes debout, dont les billets portaient le même numéro.

Plusieurs Sikhs discutaient, à voix haute et sans prêter la moindre attention à leur entourage, du prochain match de cricket Australie-Grande-Bretagne. Maintenant que le meilleur batteur de tous les temps, l'Australien Don Bradman, n'était plus là pour semer la panique parmi les lanceurs, qui remporterait *The Ashes*, trophée ardemment convoité, dont le nom et le goût évoquent la fin de la supériorité britannique en cricket et les vaillants efforts anglais pour rapporter ces *cendres* au pays ? Evidemment, l'occasion de compter les coups était trop belle pour les Indiens, et les plus jeunes des Sikhs, dont le chignon sortait par l'arrière d'une casquette remplaçant le turban, n'étaient pas en reste.

Les deux voyageurs en promenade se frayèrent difficilement un chemin jusqu'aux deuxièmes classes assises. Ils se contentèrent de regarder à travers la vitre les multitudes qui s'entassaient là sur de simples bancs de bois dans un beau brouhaha puis, d'un commun accord, ils amorcèrent un demi-tour. Ils n'ignoraient pas qu'en Inde le nombre de gens qui empruntent le train dépasse annuellement le chiffre de trois ou quatre milliards et pourtant ils s'étonnaient toujours d'en voir autant rassemblés dans un seul et même train.

Lorsqu'ils repassèrent près des hommes enturbannés, ceux-ci avaient délaissé le cricket pour commenter, toujours avec la même faconde, le rachat par la toute puissante firme indienne Tata des thés anglais Tetley et Lipton, ce qui en faisait le plus grand trust théier du monde. Le plus âgé des Sikhs insistait : c'était une information qu'il avait trouvée sur Internet, www. tea.com.

Quand ils eurent regagné leur place, le petit homme à la peau brune posa son parapluie sur sa couchette avec autant d'égards que s'il s'agissait d'un enfant endormi. Il fouilla dans son sac, en ressortit un baladeur qu'il actionna prestement et un son de flûte d'une puissance et d'une pureté inouïes envahit le compartiment.

— Oho ! Tu as fini par dénicher le CD où sont repiqués ces morceaux introuvables de Mahalingam ?

— Mmm. C'est ton cadeau de voyage, mais j'espère que tu m'en feras profiter aussi.

Le petit homme noir avait accompagné sa réponse d'un sourire charmeur. Ravis, rythmant la musique d'un léger mouvement de tête, les deux amis écoutaient la splendide exécution du *râga*.

— Je ne le connaissais qu'interprété par Ramani sur la gamme en *mi*, celle qu'il a adoptée lorsqu'il s'est plus ou moins affranchi du style de Mali. Ici, en plus aigu, puisque Mali joue en *sol*, l'impression est si différente qu'on pourrait se demander si…

Il s'interrompit en voyant surgir un garçonnet plutôt fluet, vêtu d'un tee-shirt portant le mot SPORT en capitales voyantes et maculé, comme ses mains, de chocolat fondu. Sans un mot, Sport, probablement un des poussins de la grosse poule de Nellore, était reparti en courant dès qu'il avait compris qu'il se trompait de compartiment. Au même moment, la climatisation s'était déclenchée et l'un des deux mélomanes l'avait arrêtée sans avoir eu à consulter l'autre.

Le son de la flûte ondoyait toujours, cependant que le train qui, après les dernières usines, avait traversé une zone de marais, s'engageait à présent dans l'épais verdoiement d'une immense palmeraie. L'arrêt à Arkonam Junction fut assez brusque pour que l'on entendît le choc de bagages ou de voyageurs projetés contre les parois métalliques. Lorsque le train repartit, apparurent bientôt de hautes collines violacées et une brousse à l'aspect brûlant avec, ici et là, de gros rochers gris, quelques oasis dominées par de hautes pompes à eau, celles à balancier que l'on appelle *tulâ* dans la région, et des vergers de manguiers et de tamariniers. Le ciel se couvrait déjà par endroits, tandis que la chaleur augmentait, implacable.

Un contrôleur apparut, qui s'arrêta sur le seuil avec respect pour écouter Mahalingam. Son expression enchantée et sa façon de hocher la tête en mesure exprimaient un goût prononcé pour les sinuosités mélodiques. Avec amabilité, il vérifia longuement les billets, fit remarquer avec déférence que c'était un privilège et même une rareté digne d'être mentionnée que d'avoir pu obtenir un compartiment à deux couchettes – les plus demandés –, puis s'attarda, sans doute parce que la musique lui plaisait trop, sur les références des factures concernant les suppléments pour les repas. Il détailla enfin sans se presser les factures elles-mêmes. Par la magie de l'envoûtante flûte, l'inspection se prolongea jusqu'à l'arrêt à Reingunda.

Il était douze heures trente et des employés, en uniforme chamarré et turban de gaze amidonnée aux pans façonnés en aigrettes, commencèrent à servir les premiers repas. Pour ne pas avoir à passer par-dessus malles et paquets empilés dans les soufflets reliant les wagons, ils avaient préféré ouvrir toutes grandes les fenêtres des couloirs et, en acrobates accomplis, ils en enjambaient les appuis et se passaient les plateaux en jacassant comme des perruches, tandis qu'ils demeuraient gracieusement suspendus au-dessus des rails.

Sur le quai de Reingunda, trois ou quatre dingos s'étaient aplatis de tout leur long dans les flaques provenant de l'écoulement des deux fontaines. La canicule était telle que tous ceux qui les regardaient en auraient bien fait autant.

Près des chiens affalés, de petites pyramides de tomates rondes et brillantes attendaient le client, ainsi que des coudées de jasmin destinées aux chignons des voyageuses. Au bout du quai, on pouvait voir une maisonnette illuminée en plein jour par quantité de mèches brûlant dans des boîtes de conserve ou de vieilles bouteilles.

Le train était reparti. De petits lacs d'eau saumâtre défilaient à toute allure et des nuages de duvets végétaux rendaient par endroits le paysage tout flou. Peu de voyageurs le voyaient d'ailleurs, car la plupart étaient occupés à se restaurer. Le petit homme brun, lui, regardait souvent par la fenêtre. Il est vrai qu'il se contentait de chipoter. Pourtant les *thali* de luxe que leur avaient livrés les serveurs-acrobates étaient tout à fait appétissants. Son compagnon faisait honneur au sien et souriait en voyant son ami picorer, comme à son habitude, uniquement ce qu'il y avait de plus pimenté.

Sport passa en courant dans le couloir avec une glace que lui disputait la chaleur. On avait l'impression que tout flambait, dehors comme dedans. Un employé arriva, qui se mit à balayer en tas toutes les épluchures et guirlandes déjà à demi fanées.

La jungle épaisse de bambous et de bananiers que traversait maintenant l'express assombrit tout à coup le compartiment. Les monceaux de guirlandes balayées évoquèrent à nos deux voyageurs l'agitation extrême qui avait régné sur le quai de Chennai, au moment du départ, ce matin-là. Entre les vendeurs de biscuits Horlicks, Maris ou Glucose ; les piles impressionnantes de journaux fleurant bon l'encre encore humide ; les porteurs en veste rouge, une énorme valise dans chaque main, et trois ou quatre en équilibre sur le turban plat qui leur sert de couvre-chef ; les corbeaux assez lestes pour prélever ici ou là quelque relief ; les gens couchés et la foule de ceux qui regardaient debout informations ou publicités sur des écrans aux images parfois instables ; les bufflesses rétives que l'on ramenait de la traite vers leurs étables au bout du quai, s'était faufilée une nuée de photographes et de journalistes de la télévision locale. Ils se bousculaient autour d'un petit groupe d'officiels, tous ostensiblement aux petits soins pour deux personnages de marque.

Le plus important des deux était assurément

une femme pleine d'allure, à la fois aimable et hautaine, qui distribuait sourires et autographes avec l'aisance conférée par une grande habitude. On murmurait que c'était la célèbre vedette de cinéma Tâmrâ Dutt, accompagnée de son fils, lui-même producteur, de sa belle-fille, d'un secrétaire et d'une femme de chambre. La star et sa suite avaient littéralement croulé sous les guirlandes, dont on s'empressait sans cesse de les débarrasser pour pouvoir leur en mettre de nouvelles. Ce manège avait continué jusque dans le train, où ils avaient fini par monter après encore quelques éclairs de flash, un ultime discours, un dernier bouquet, une interview de dernière minute pour le journal télévisé de midi, et tous les chichis possibles, assortis à leurs manières raffinées, leurs tenues élégantes et au wagon de grand luxe, A Super-Super, Accommodation cum sleeper, que l'on venait tout juste d'accrocher et qui leur était exclusivement réservé, tout à fait en tête.

On ne les avait plus revus depuis qu'ils s'y étaient retirés avec grâce, après avoir occasionné un retard notable, dans l'ensemble fort peu apprécié des voyageurs ordinaires.

La jungle ombreuse avait fait place à des collines érodées et au désert à nouveau torride et aveuglant.

Quinze heures quinze, Cuddapah. Le train essayait toujours de rattraper son retard. Tout le monde dormait, sauf les deux mélomanes, qui se gavaient toujours des harmonieux méandres où les entraînait la flûte de Mali, et bavardaient sans se lasser. Un second contrôle vint interrompre assez brutalement la sieste générale. Des protestations s'élevaient d'un peu partout. Puisque personne ne montait aux arrêts dans les wagons de première classe, fermés à chaque bout, à quoi rimaient ces tracasseries superflues ?

Sur ces entrefaites, voici qu'arriva le Railway Doctor, un homme jovial à l'allure engageante et aux fines lunettes cerclées d'acier. Si, pour les autres voyageurs, les deux mélomanes étaient des anonymes, ils étaient loin d'être des inconnus pour lui. Il savait très bien que le plus petit et le plus brun de peau, c'était Doc, et que son ami se nommait Arjun. Tous deux étaient médecins, vivaient à Madras, ne manquaient jamais un concert et pratiquaient de préférence la médecine traditionnelle, connue sous le nom d'*âyurveda*. A ce qu'on disait, les deux amis étaient quasiment inséparables.

Doc et Arjun accueillirent leur confrère avec de grands sourires et le saluèrent mains jointes à la hauteur du cœur.

— *Nâmaste*, R.D., comment vous portez-vous ?

On désignait couramment ce médecin du rail par les deux initiales de sa fonction, prononcées *Ar Di*, à l'anglaise.

Encore sur le seuil, celui-ci écoutait la flûte avec un ravissement non feint.

— Et vous, comment allez-vous, mes amis ? Vous ne pouvez décidément pas vous passer de musique, hein ?

Il battit la mesure un instant avec la tête, avant d'ajouter :

— La sieste n'est pas recommandée aux brahmanes, que je sache, et pourtant vous êtes à peu près les seuls à n'avoir pas dormi... Ce n'est pas qu'il n'y ait pas d'autres brahmanes dans le train, mais ceux-là ont dû décider de laisser les interdits de côté.

Doc et Arjun appartenaient en effet à la caste brahmanique mais, bien que, pour des raisons touchant plutôt à l'équilibre de l'horloge biologique et des rythmes circadiens qu'aux interdits religieux, ils ne se livrassent jamais aux délices de la sieste proscrite par l'orthodoxie, on ne pouvait les considérer comme des brahmanes excessivement vétilleux ou trop attachés aux règles de leur caste. Bien sûr, ils portaient leur cordon à même la peau, en travers du torse, et ne voyageaient jamais sans les cordons de rechange prescrits par les *shâstra*, mais qui n'a pas ses petites manies ou ses bonnes vieilles traditions ? Après tout, ce cordon n'est pas sans signification pour le jeune garçon qui le reçoit lors de son initiation et devient, à cette occasion, adulte et membre confirmé de la communauté brahmanique. C'est pourquoi, la vie durant, la plupart d'entre eux ne quittent plus leur cordon. Au cas où il viendrait à se rompre, on en a toujours deux ou trois en réserve à la maison, et au moins un en voyage.

Assis face à eux, R.D. écoutait la musique les yeux mi-clos. Un cahot les lui fit rouvrir et il avisa alors le parapluie de Doc, installé sur la couchette comme un nourrisson. En souriant, il fit mine de s'en emparer, mais Doc avait réagi avec la promptitude du serpent qui attaque et, déjà, il se mettait en garde devant le visiteur ébahi.

— Eh bien ! vous au moins, vous ne perdez pas la forme ! Quand on dit que vous êtes un as des arts martiaux, on n'exagère pas.

Doc se dispensa de répondre mais il proposa à R.D. de partager avec eux la collation qu'on leur apportait : thermos de café au lait, crêpes à la mélasse, chips au piment. R.D. leur plaisait bien : c'était un original qui passait sa vie dans les trains partant de Chennai ou y revenant – les voyages à travers l'Inde sont si longs et les trains si bondés que les Indian Railways prévoient au moins un médecin par train –, si bien que R.D. avait renoncé à avoir un logement en ville. Grande était son expérience des voyages et surtout des voyageurs, et il en parlait si drôlement que l'on ne s'ennuyait jamais en sa compagnie. Pour le moment, il détaillait des yeux le compartiment de première, tout en savourant concert de flûte carnatique et café fumant.

— Quel faste, hein ? On est loin des voyages à la Gândhî, assis sur des planches, vêtu du *khâdi* de coton blanc qu'on a soi-même tissé sur son propre *charkha*, et n'absorbant que quelques *chapati*, un simple thé ou un peu d'eau bouillie toutes les deux ou trois heures !

R.D. bavardait gaiement, en observant Doc

qui liquidait distraitement les chips au piment. Il fit un clin d'œil à Arjun et remarqua :

— Je me demande comment vous faites pour échapper aux brûlures d'estomac, au…

— Oui, je sais, à l'ulcère perforé, aux complications rénales avec lithiase récidivante, et pourquoi pas à une bonne grosse goutte bien invalidante… Mais cela peut venir, ne perdons pas espoir ! répondit Doc avec un sourire malicieux.

Tout le monde était sensible à ce sourire et R.D. ne faisait pas exception. Il préféra reprendre son discours sur les trains.

— Même si celui-ci est assez luxueux, il n'a rien à voir avec le Palace on Wheels, qui part de Delhi le mercredi soir, avec ses wagons maharajesques, pour faire le tour du Râjasthân. J'y ai travaillé toute une saison, de septembre à avril. Des serveurs déguisés en princes y livrent aussi les repas en passant par les fenêtres, mais là-bas, c'est parce qu'il n'y a pas de soufflets, alors qu'ici, c'est parce que ceux-ci sont toujours encombrés. On n'y rencontre que le gratin, Indiens ou étrangers, et leurs indispositions sont toujours spéciales, très différentes de celles des gens ordinaires, et surtout elles ne cèdent qu'avec des remèdes coûteux et en vogue.

En tant que médecins, Doc et Arjun adhéraient à la théorie qui veut qu'un malade a plus de chances de guérir si on le soigne avec un remède auquel il croit, ou qui correspond à sa civilisation d'origine, à ses coutumes, à son environnement habituel. Car, comme on dit : une goutte de venin de serpent dans un verre de lait, administrée à deux malades atteints de même mal mais aux origines et croyances différentes, ne produit pas le même effet. Que des voyageurs aisés ou un peu snobs réclament des médicaments chers et à la mode n'était donc pas pour les surprendre.

C'est au ralenti que le train passa à Yanaguntha. Le temps d'une halte sur le quai pour remplir tous les récipients à la fontaine, une tribu entière s'était installée là avec son troupeau de chèvres brunes. Alentour, ce n'étaient que carrières, désert de pierrailles, maigres arbustes, huttes de branchages. Depuis un moment déjà, Doc observait au loin avec intérêt la distorsion des images. Le paysage incandescent avait l'air de flotter, comme peint sur une de ces toiles de décor ambulant agitée par de soudaines rafales de vent. Il devait bien faire au moins quarante degrés à l'ombre.

Le soleil était entouré d'un halo de sang. Des enfants haillonneux, aux yeux noircis de khôl, rangés le long de la voie, regardaient passer le train sans la moindre expression d'intérêt. Dans le couloir, Sport s'approcha d'une fenêtre entrouverte et fit des signes. Aucun enfant ne réagit. Le train ralentit encore et Sport leur lança maladroitement une poignée de bonbons. Là encore, pas un enfant ne bougea. Un tourbillon de vent et de poussière les enveloppa, les cachant à la vue du petit garçon, puis les abandonna sur place. Ils n'avaient toujours pas bougé. Il faisait sûrement bien plus de quarante degrés à l'ombre.

A Kundapuram, on se serait carrément cru dans un four. Des femmes au visage brûlé de soleil vendaient des *wada* sur des feuilles fanées et des goyaves roses par petits tas.

R.D. bavardait toujours avec ses compagnons. Il avait appris que Doc se rendait à Mumbai pour soigner son beau-frère, qui souffrait d'obésité. Avec Arjun, grand spécialiste des plantes curatives, ils devaient mettre au point un régime amaigrissant. Ils étaient occupés à échanger leurs recettes, lorsqu'on vint chercher R.D. parce que quelqu'un ne se sentait pas bien.

Chapitre 2

Le vent avait encore forci. Doc ne se souvenait pas être jamais passé à cet endroit précis sans y avoir vu de forts tourbillons. Des tourbillons qui devaient leur violence à leur passage sur les hauteurs, et la poussière brûlante qu'ils charriaient, aux déserts de l'Andhra. Occultant collines et broussailles, l'écran de poussière avait comme annulé l'horizon et on ne distinguait plus le ciel de la terre. De temps à autre, une rafale faisait jaillir un panicaut, qui roulait follement sur lui-même puis se perdait au loin. Peu à peu, alors que le train s'éloignait du réservoir à tourbillons, le vent se calma. Lorsque retomba la poussière en suspension, un horizon cuivré apparut. Une grande carcasse blanchie se dressait près des rails et une épaisse couche de sable recouvrait les maigres plumeaux des palmiers.

Mais la chaleur ne diminuait pas. Doc sortit dans le couloir où l'assaillirent des relents de latrines et de fruits pourris. Il ouvrit une fenêtre, mais ce fut pour recevoir au visage un air ardent à l'odeur de soufre. Il resta là, cependant, pour se dégourdir les jambes jusqu'à Tadipatri, où des gosses tentaient de vendre des écureuils grossièrement empaillés. Comme le train était presque arrêté, il pouvait entendre des pleurs et des cris d'enfants venant des autres compartiments, ainsi que quelques ronflements. Il lui sembla même qu'une altercation éclatait quelque part, car il percevait des propos un peu vifs, sans pouvoir comprendre de quoi il s'agissait.

Tout près, quelqu'un parlait du monstre qui aimait à se baigner dans la rivière qu'on était en train de traverser. Son corps recouvert d'écailles ressortait toujours sec des eaux empoisonnées par son contact, disait-il.

Arjun avait rejoint son ami pour écouter aussi la terrifiante légende. Ceux qui avaient vu la bête affirmaient qu'après son bain elle s'enfonçait lentement dans la terre en croquant quelque humain dépecé de ses griffes d'acier, tandis que roulaient ses énormes yeux blancs et vides et que des flammes lui sortaient de la gueule. Le train avait à nouveau accéléré. Les brahmanes se dirent que l'histoire devait venir d'un temps reculé où une disette mémorable, provoquée par une sécheresse extrême, avait poussé les affamés au cannibalisme.

Ils commentaient cette fameuse « famine des crânes » quand, au loin vers l'ouest, ils crurent distinguer un lac. Mais ce devait être un lac sans vagues, ni pêcheurs, ni poissons, ni baigneurs, ni bateaux, pour la bonne raison qu'il n'existait pas ! Pas plus que n'existaient ces cocotiers sur des collines inexistantes. Seuls étaient réels le linceul de poussière rouge, le soleil impitoyable, l'écrasante chaleur. Et pourtant, tout ce spectacle, dont on savait qu'il n'existait pas, était la seule chose visible et acquérait par là une certaine réalité, même si l'on pensait que ce n'était qu'illusion.

Aux yeux des deux amis, rien, en effet, n'illustrait mieux que ces mirages l'idée de l'illusion engendrée par le monde phénoménal ou par le jeu divin. Selon un concept au cœur de la philosophie vedântique, la réalité – ou la vérité – se cacherait sous une infinité d'aspects. Ceux-ci sont-ils réalité ou illusion ? Les érudits n'ont pas fini d'en débattre.

— Quarante-cinq degrés à l'ombre, soixante-dix au soleil ! lança quelqu'un qui passait, un petit transistor collé à l'oreille.

Sur le quai de Gooty, des singes avaient remplacé les enfants. Ils se tenaient sages aussi mais paraissaient, eux, dévorés de curiosité. Le seul humain était un cul-de-jatte, qui se tortillait sur le dos pour avancer, en émettant un *tot-tot* régulier et un peu éraillé. Quelques *paisa* tombèrent tout près de lui et un *tot-tot* de remerciement résonna plus fort que les autres. Doc et son ami durent s'effacer pour laisser passer dans le couloir une jeune femme, qu'ils reconnurent comme la bru de l'actrice célèbre, suivie de la femme de chambre. Elle leur lança un regard d'excuse, mais Doc lui trouva l'air revêche et bouffi de quelqu'un qui a trop dormi, et il fut surpris par sa tenue négligée. Ils l'entendirent qui disait d'un ton geignard en s'éloignant :

— J'ai drôlement mal dormi et j'ai dû en plus être mordue par des punaises. D'habitude ce sont les étrangères qui y ont droit, avec leur peau tendre et rose, dommage qu'il n'y en ait pas dans le wagon.

Lorsque R.D. revint, il leur raconta que les Dutt – les célébrités à qui l'on devait ce regrettable retard – se plaignaient de la chaleur, du service et des contrôles répétés. Pour les amadouer, il les avait installés dans l'endroit le plus frais, une sorte de petit salon servant parfois de bar à en-cas, où il leur avait promis de venir leur présenter ses amis médecins.

Doc, qui trouvait le temps long, ne se fit pas beaucoup prier. Ayant attrapé son parapluie au passage, il se rendit donc, avec Arjun et R.D., au TIFFINS'ROOM (accès réservé). L'air morne, les Dutt les y attendaient sans dire un mot.

Cheveux de jais admirablement teints, corpulence majestueuse, maquillage soigné, sari soyeux, bijoux de prix, ils avaient devant eux la grande Tâmrâ Dutt. Celle qui avait fait les beaux jours du cinéma indien quelques décennies plus tôt, qui avait eu tous les succès, mis tous les hommes à ses pieds, et épousé plusieurs réalisateurs et producteurs connus, celle qui avait parcouru le monde entier, fréquenté toutes les gloires, gagné et dépensé des fortunes considérables. C'était ainsi que R.D. avait parlé d'elle et Doc contempla ce monument avec un certain intérêt. Elle s'apprêtait à manifester une condescendance polie lorsque, arrêtés sur Doc, ses yeux prirent soudain l'éclat qui avait ensorcelé les foules.

— Un docteur, deux docteurs, trois... Nous sommes comblés !

Sa voix grave et chaude retrouvait les intonations qui avaient bouleversé ses millions d'admirateurs, et elle conquit sans peine les nouveaux arrivants. Son bref étonnement à la vue du parapluie avait fait place à une expression de plaisir intense. De toute évidence, ce déploiement de séduction s'adressait exclusivement à Doc, le petit homme mince et vif au teint sombre, à la chevelure abondante à peine striée de blanc, au regard enjôleur et au sourire irrésistible, auquel il faudrait sans doute peu de temps pour les mettre tous dans sa poche.

Bijal, le fils, leur parut lourdaud et assez insignifiant, mais comment faire de l'effet auprès d'une mère pareille ? Mère et fils se traitaient avec égards, mais ni l'un ni l'autre n'adressait la parole à la femme aperçue dans le couloir et qu'on leur avait présentée comme étant Priyankâ Dutt, l'épouse de Bijal. Elle leur parut sans attrait aucun, renfrognée, mal coiffée et, le plus étonnant, vêtue d'un sari très ordinaire, en rayonne, dont les impressions et les couleurs l'affadissaient encore et lui épaississaient la silhouette. Cette tenue bigarrée tranchait vraiment avec celle, tellement raffinée, qu'elle portait le matin même.

Ils parlèrent de cinéma, d'arts martiaux, de musiques de films, et le temps passa agréablement. Cinq minutes ne s'étaient pas écoulées que Doc avait, en effet, séduit ses interlocuteurs. Lui-même semblait sous le charme de l'actrice. C'était ce que R.D., qui s'absentait parfois, appelé pour quelque malaise dû à la chaleur, pouvait constater chaque fois qu'il revenait. Il voyait bien aussi que l'indifférence des Dutt à l'encontre de la bru était totale et réciproque. Il avait d'ailleurs incidemment appris qu'ils se battaient froid à cause d'une mauvaise farce que la jeune femme avait faite à sa belle-mère au moment de monter dans le train, en lui cachant sa cassette à bijoux que l'autre avait crue perdue.

Arjun se distrayait fort à observer tout le monde. Le secrétaire, un jeune homme aux traits fins, presque trop parfaits et qui avait l'air de porter des faux cils tant il les avait longs et épais, s'était joint à eux et, malgré sa timidité, il se montrait fort civil. On aurait dit qu'il évitait de regarder Priyankâ et elle aussi semblait l'ignorer. Cependant, comme il la considérait sans antipathie, la jeune femme dévorait Doc des yeux et ne renonçait à son attitude maussade que lorsqu'il faisait un bon mot. De toute évidence, elle aussi se montrait sensible à son magnétisme et à son humour, et il surprit plus d'une fois dans ses regards en coulisse une lueur de malice.

Ils s'étaient séparés des Dutt depuis longtemps, mais ils en parlaient encore, surtout de Tâmrâ Dutt qui, bien que plus très jeune, avait conservé intact son charme légendaire.

— On peut dire que sa beauté a bien résisté au temps. Avez-vous remarqué comment elle fixait Doc ? On aurait dit qu'elle cherchait à le vampiriser, littéralement.

Ils éclatèrent de rire, mais Doc resta songeur à se tirailler doucement une oreille.

— A ce propos, glissa-t-il, regardez dehors. On dirait tout à fait un décor pour film de vampires, non ?

La nuit tombait rapidement sur un paysage calciné, mettant fin à l'incendie qui avait embrasé le ciel pendant des heures. Il n'avait pas fait aussi torride depuis des années et toute la ferraille du train semblait chauffée à blanc. Aux divers mirages, suscités tout à l'heure par la réverbération et les variations de température dues aux bourrasques, succédait en effet un décor apocalyptique, qui abritait à coup sûr *vetâla, râkshasa, preta, yaksha, dâsa, bhûta,* toutes ces créatures démoniaques qui forment le cortège des serviteurs de Shiva et de Yama et peuplent les légendes de l'Inde depuis la nuit des temps.

Captivés par l'étrangeté du spectacle, Doc et ses compagnons firent assaut d'imagination. A la cime de ces eucalyptus brûlés par la fournaise se perchaient peut-être ces *yakshinî* dévoreuses de petits d'hommes ; dans ces tours de basalte, nichaient sûrement des ogres effrayants ; ces broussailles enchevêtrées devaient être le repaire des feux follets et des djinns ; ces buissons épineux et ces cotonniers à fleurs rouges, le refuge éphémère des esprits-*dâsa,* ceux de *shûdra* morts de malemort, ou encore de ces êtres terrifiants, mi-femmes, mi-oiseaux, couverts de plumes hirsutes et dont les cris annonciateurs de mort vous glacent le sang.

Un énorme nuage noir, semblable au *samvartaka* qui, croit-on, apparaît à la fin de chaque cycle cosmique pour annoncer le déluge, avait tout englouti. Pendant quelque temps, le ciel et la terre confondus furent noir d'encre. Puis, comme si en s'éparpillant s'étaient élevées jusqu'à lui les cendres laissées par l'incendie, le ciel devenu gris clair fut parcouru de gigantesques éclairs argentés, sans tonnerre ni pluie. Ce fut l'orage sec le plus grandiose qu'ils eussent jamais vu. Bientôt le feu prendrait là où tomberait la foudre, mais la pluie ne viendrait pas, qui aurait pu l'éteindre. Et, chevauchant les flammes, porteurs d'un peu de leur enfer, les fantômes parcourraient les airs, les sorcières s'y livreraient bataille, les monstres les plus ignobles y mèneraient d'infernales sarabandes.

Epuisé, R.D. avait fini par les quitter, et le baladeur avait rendu l'âme. Depuis longtemps tous les autres voyageurs s'étaient préparés pour la nuit, après s'être à nouveau copieusement sustentés. Seuls Doc et Arjun, inspirés par le décor, poursuivaient toujours leur petit jeu diabolique.

Sous un ciel survolté, dans l'ombre complice et malfaisante, d'autres variétés d'êtres surnaturels, dont certains venus d'aussi loin que le Tibet, se livraient à la dévoration des mécréants. Lové dans quelque caverne, bien à l'abri, *Tittivitam*, le redoutable serpent dont le venin tue à distance, sélectionnait tranquillement ses proies. D'autres génies himalayens profitaient de leur beauté trompeuse pour séduire d'innocentes jeunes filles, avant de les étouffer sans douleur et de les enserrer de bandelettes, les abandonnant à l'état de nymphes d'insectes, à jamais prisonnières de leur cocon de soie. Quelques *vetâla* peints en rouge et altérés de sang humain ranimaient des corps sans vie, le temps d'accomplir leur forfait ; babines retroussées, crocs dégouttant de sang, griffes acérées, des *râkshasa* erraient au hasard à la recherche de victimes toutes fraîches, ou de cadavres encore chauds ou à peine décomposés.

Dans le train, les ablutions, les crachements et les prières du soir avaient pris fin depuis longtemps. Pourtant, deux Sikhs en pyjama, sans turban, chignon et barbe à demi défaits, discutaient devant le compartiment de Doc. Lui et Arjun pouvaient les entendre évoquer les famines qui sévissaient sous le *British raj* mais avaient quasiment cessé depuis l'indépendance. Une banane dans chaque main, Sport passa une dernière fois – on pouvait du moins l'espérer – avec un autre garçonnet au nez un peu long pour un enfant. Les vieux Sikhs venaient de s'attaquer à

Jésus-Christ en tant que treizième avatar possible de Vishnu, lorsque Doc ferma la porte et tira le rideau pour ne plus les entendre.

Il se rassit et se remit à scruter la nuit. Dans cette obscurité de poix, on ne distinguait rien, si ce n'est, ici ou là, le flamboiement d'un bûcher funéraire qui finissait de se consumer, petite fumée, escarbilles, ombre mouvante d'un homme ou d'une grande chauve-souris. La vue du brasier, pourtant très éloigné, ajoutait encore à l'impression de fournaise. Il n'était pas difficile d'imaginer les âmes des trépassés voletant au-dessus des sables encore chauds, les spectres allant et venant en leurs effroyables voyages de l'enfer de Yama au monde des vivants, et les squelettes dansants des *chitipati* dont l'unique plaisir est de hanter les lieux de crémation. Partout, on devinait des *preta,* constamment faméliques pour n'avoir pas reçu leur content de boulettes sacrificielles, perpétuellement en quête de nourriture, mais éternellement torturés par la faim car tout ce qu'ils portent à leur bouche, même des excréments, la leur enflamme aussitôt.

A Guntakkal, quand le train s'arrêta, il y eut grand remue-ménage dans le couloir et Arjun se leva pour entrebâiller la porte. Les Sikhs avaient disparu mais deux individus vociféraient à l'adresse d'un employé qui nettoyait le sol avec une serpillière.

— Drôle d'heure pour faire ça, ça ne vous frappe pas ? Remarquez, ce n'est pas du luxe !

Mais c'est surtout le retard que nous trouvons intolérable !

L'un des hommes brandissait un exemplaire de *Trains at a Glance* (vingt roupies) sous le nez du gars ensommeillé. Il comparait les horaires du fascicule à ceux, notés par lui, de ses voyages précédents. Aujourd'hui, l'heure du passage à Guntakkal était, hurlait-il, de loin la plus tardive. A ce que comprirent les brahmanes, les deux vieillards n'avaient noué connaissance que pour mener une conversation nourrie sur les horaires des trains et les correspondances. Ils abandonnèrent bientôt ceux qui concernaient leur parcours pour considérer l'ensemble du réseau ferroviaire. Une nouveauté retenait leur attention : le Lady Special, train de la banlieue de Bombay réservé depuis peu aux femmes et transportant plus de six mille passagères matin et soir.

— C'est inespéré pour les femmes de voyager ainsi en liberté et sans risquer les assauts galants que leur réservent les transports en commun. Mais tant qu'on doit prendre de telles mesures, il y a encore du chemin à faire du côté de l'égalité des sexes, affirma l'un d'eux, non sans malice.

Ces deux-là ne déparaient pas la collection des Indiens passionnés de chemin de fer. Toujours debout dans le couloir, l'un des hommes, les yeux mi-clos, s'était mis à réciter à toute vitesse les horaires de tous les trains de nuit partant d'Itarsi, énorme nœud ferroviaire situé en Inde centrale et plus connu sous le nom d'Itarsi

Junction. Pendant ce temps, l'autre vérifiait d'un air important dans un vieux bottin tiré de son sac et ajoutait parfois à la difficulté en demandant à celui qui était sur la sellette le nom du train en question. Pas moyen de le coller : Madras Queen, Deccan Star, Great Arrow, Rajadhani Express, Pondichery Special, Grand Trunk Express, Royal Orient, les noms des trains légendaires étaient victorieusement claironnés. Ils s'attardèrent un instant sur la catastrophe du Brahmaputra Express puis sur les prouesses du Shatabadi Express, le nouveau train à grande vitesse capable de pousser des pointes à plus de cent à l'heure.

Fairy Queen ! A l'évocation de la plus ancienne locomotive à vapeur du pays, ils entrèrent carrément en transe. Avec son wagon de première classe et son bar restaurant, elle serait bientôt rénovée et remise en circulation de Delhi à Alwar. Mais, commentaient-ils, elle ne circulerait que certains jours et à des tarifs défiant toute concurrence. A eux deux, ils en savaient bien plus qu'une agence de voyages !

Sur le quai de Guntakkal, où des buissons de *ketakî* à petites fleurs blanches parfumaient l'air encore plus que tiède, un haut-parleur annonça le départ. Doc et Arjun s'en retournèrent aux *bhûta*, âmes en peine d'humains privés de sépulture décente, dont le seul réconfort et l'amusement préféré seraient d'effrayer les gens ; aux *mâmâ*, fantômes géants, dont la tête touche le ciel et qui ont une prédilection pour les acacias ;

aux *kharisâ,* dont l'absence de tête sème la terreur chez ceux qui ont l'infortune de les croiser ; aux *dâkinî*, esprits de femmes mortes en couches, décrites comme des écorchées vives qui passent leur temps à se délecter de chair humaine, d'alcool fort et de sang caillé.

A Adoni, puisque tout le monde dormait, personne ne se rendit compte de l'arrêt prolongé dû au changement d'aiguillage que devait effectuer une locomotive quelque peu poussive. A part Doc et Arjun qui regardaient la manœuvre et le panache de fumée blanche se détachant sur la nuit noire et le quai à peine éclairé. Peu après, le train reprit la traversée d'une région désertique. Un parcours que les antiques caravanes n'entreprenaient jamais sans appréhension et qui nécessitait la présence d'un chef de convoi avisé. Attentif aux erreurs de direction possibles et à la panique prompte à naître chez les voyageurs, veillant sur les provisions et les bagages, il organisait, malgré le risque de mauvaises rencontres, des marches toujours nocturnes, car le soleil réverbéré par le sable aurait sans pitié brûlé hommes et bêtes. Il choisissait avec soin son « pilote des sables » qui, allongé sur un chariot découvert, s'orientait d'après la position des étoiles. Tous dépendaient de sa science et de sa vigilance car, s'il venait à s'endormir, on tournait en rond tandis que s'épuisaient les vivres comme les chances de s'en sortir. C'était le moment qu'attendaient les démons pour entrer en action.

Doc et son compagnon ne faisaient qu'en

rire, mais, même dans un train moderne et confortable, une certaine épouvante en aurait envahi plus d'un – l'invisible n'est-il pas aussi réel que le visible ? – à la pensée de tous ces êtres maléfiques rôdant un peu partout, occupés aux sortilèges les plus inconcevables et obstinés à tourmenter les vivants, en leur provoquant des hallucinations, en empoisonnant leur nourriture, tarissant leur eau, envenimant le lait des jeunes mères ou déformant les fœtus dans leurs entrailles.

Dans son compartiment, R.D. dormait profondément mais son sommeil se troubla soudain. Les descriptions de Doc, largement inspirées de celles de Somadeva, avaient fait surgir dans son esprit embrumé des visions qu'on ne souhaiterait à personne. Les gueules caverneuses, noires et béantes des *râkshasa* se refermaient sur leurs proies avec des grognements terrifiants. Leurs langues de feu léchaient des cadavres, tous identiques, suspendus à des arbres. L'effroyable multiplication lui inspirait le désir de fuir au plus vite mais R.D. ne parvenait pas à bouger. Un brahmane qui lui parut être le sosie de Doc mais en beaucoup plus noir – un noir de suie – s'approcha de lui. Il vit avec horreur ses cheveux jaunes, le collier d'entrailles qu'il portait en guise de cordon, la main humaine qu'il grignotait après l'avoir trempée dans du piment et la calotte crânienne pleine de sang visqueux destiné à étancher sa soif. Il crut se sentir mourir quand ce Doc infernal éclata d'un rire sans fin puis se mit à réciter les *Veda* d'une voix monocorde et sans cesser de ricaner.

Le monstre ne disparut que pour faire place à l'impression peu rassurante d'être couché dans un cimetière. On avait tracé autour de lui un cercle jaune : en regardant bien, R.D. vit que c'était de la poudre d'os. Des cruches remplies de sang avaient été installées aux points cardinaux. Partout brûlaient des chandelles de suif humain qui répandaient une odeur pestilentielle. Il devina qu'on s'apprêtait à exécuter un sacrifice et aussi qu'il avait été choisi comme victime et qu'on lui arracherait les yeux en premier, avant de le démembrer vivant. Pour y échapper, il fallait à tout prix se réveiller mais ses propres cris qui déchiraient l'air et se mêlaient aux hurlements des chiens sauvages lui prouvaient qu'il était déjà trop tard.

Entre Raichur et Gulbarga, Doc et son compagnon ne dormirent pas une seconde, trop excités par le jeu auquel ils n'arrivaient plus à mettre fin. Des hululements lugubres et répétés qui se faisaient entendre à intervalles de plus en plus rapprochés, aucun d'eux n'aurait pu dire si c'étaient les sifflements du train, les cris des oiseaux nocturnes, ceux des fantômes déchaînés ou encore ceux, terrorisés, de leurs victimes dans leur fuite éperdue.

Chapitre 3

Il était plus de minuit lorsque les bruits sinistres redoublèrent de fréquence et d'intensité. Peu après, alors que Doc venait tout juste de s'assoupir, Arjun entendit une cavalcade et des voix affolées dans le couloir. Tandis qu'il se levait pour voir ce qui se passait et que Doc s'éveillait en sursaut, ils furent tous deux violemment projetés contre l'une des couchettes. Un puissant coup de frein avait immobilisé le train en pleine campagne.

Tout de suite après cet arrêt brutal, il y eut un bref silence puis quelques cris de femmes et des pleurs d'enfants. Hâtivement rhabillé, Arjun ouvrit la porte et c'est alors qu'ils virent arriver R.D. Il était dans tous ses états et semblait avoir du mal à parler. Il enleva ses lunettes et les essuya nerveusement avant d'y parvenir.

— Vingt ans que je fais le trajet, mais c'est la p… première f… fois que je vois une chose p… pareille…

Ils finirent par apprendre que Priyankâ, la bru de Tâmrâ Dutt, avait été victime d'un incendie dans son compartiment. Elle était affreusement brûlée, mais R.D. n'était pas sûr qu'elle fût morte et, comme il craignait de ne pas être suffisamment efficace, il venait chercher Doc et Arjun. Pendant qu'ils se dirigeaient vers le wagon occupé tout entier par les Dutt, R.D. avait retrouvé assez de calme pour leur raconter ce qu'il savait. Quelqu'un avait bien tiré le signal d'alarme, mais on ignorait si c'était Priyankâ. En raison de l'épaisse fumée noire qui s'échappait de son compartiment, un contrôleur, qui avait cru entendre des hurlements, avait dû utiliser son passe pour en ouvrir la porte fermée de l'intérieur. Lorsqu'il avait vu l'horrible spectacle, il avait aussitôt fait appeler R.D., lui-même épuisé par un long cauchemar. Ensemble ils avaient arrêté le ventilateur, essayé en vain d'actionner, bien qu'il n'y eût plus aucune flamme, un vieil extincteur hors d'usage, puis refermé la porte au verrou sans oser, auparavant, ouvrir la fenêtre pour chasser la fumée. Pendant que le contrôleur était parti avertir la police d'Akalkot, la ville la plus proche, R.D. avait pensé que Doc et son ami pourraient être utiles.

— Autant que les brûlures, c'est l'asphyxie qu'il faut redouter. Allons voir ce qu'on peut faire.

En disant ces mots, Doc s'était saisi de son parapluie et il le tenait à la manière d'une canne de combat, comme s'il allait devoir en découdre avec quelque adversaire coriace.

Le spectacle était horrible, en effet. A travers la fumée encore épaisse, ils virent Priyankâ qui gisait à terre, recroquevillée par la douleur. Son sari en acétate, entièrement brûlé, s'était littéralement incrusté sur sa peau, lui laissant partout d'affreux tatouages. Au ventilateur pendait un lambeau du sari. Au sol, le linoléum portait des traces de brûlures en direction du ventilateur, de la fenêtre et de la porte, comme si la pauvre femme avait tenté de s'échapper ou d'appeler à l'aide avant d'être prise au piège. Ce n'était pas tant la fumée que l'odeur qui rendait l'air irrespirable. Ils hésitèrent à ouvrir la fenêtre mais y renoncèrent et tous trois se penchèrent sur la victime.

Ses yeux ouverts mais privés de leurs cils avaient un regard vide et horrifié, ses cheveux dénoués pendaient par touffes racornies. Son visage déformé exprimait incrédulité et souffrance intenable. Avec d'infinies précautions, Doc lui toucha le poignet sans provoquer la réaction que d'une part il redoutait à cause de la douleur, mais d'autre part espérait comme une preuve qu'elle vivrait encore. Il ne sentit pas de pouls du tout et passa doucement le poignet inerte à Arjun. Lorsque celui-ci releva la tête, il fit simplement un signe négatif. Comme l'odeur était difficile à supporter, ils sortirent dans le couloir en toussant. Doc se renseigna auprès du contrôleur qui y faisait le guet pour éviter toute intrusion :

— Sa famille est au courant ?

— On ne les a pas encore avertis et ils ne se sont pas manifestés malgré le bruit et l'agitation devant leur porte. Sauf le jeune homme qui est avec eux : on l'a aperçu tout à l'heure qui rôdait dans le couloir mais maintenant il a regagné son compartiment. Parmi les autres voyageurs, personne ne sait rien encore, même si des tas de gens sont levés et n'arrêtent pas de poser des questions sur cet arrêt aussi brutal qu'imprévu. Ce qu'ils redoutent surtout, en sentant la fumée, c'est que l'incendie ne se propage à tout le train.

— Combien de temps devrons-nous rester ici, à l'arrêt ?

— On attend les ordres. Si les policiers ne se décident pas à venir, il est probable que nous devrons aller à petite vitesse jusqu'à Akalkot. Le problème, c'est qu'on venait juste de passer la limite entre l'Etat du Karnâtaka et celui du Mahârâshtra, et que ceux d'Akalkot nous conseillent de nous adresser aux policiers de Gulbarga, au Karnâtaka, ou plutôt à ceux de Sholapur, au Mahârâshtra.

— Mais Akalkot aussi est au Mahârâshtra…

— Bien sûr, mais ils prétendent que Sholapur est une bien plus grande ville qu'Akalkot, où on n'est pas habilité à traiter ce genre d'affaire.

Doc comprit que tout cela allait prendre beaucoup de temps et il décida de retourner à sa place avec Arjun. C'était R.D. et le chef de train qui devaient mettre les Dutt au courant de l'accident, et ils les laissèrent à leur pénible devoir.

Comme tout porteur de mauvaise nouvelle, ils y allaient à contrecœur, mais l'ordre venait de haut. Quant aux autres voyageurs, dans l'impossibilité de descendre du train ou même de circuler d'un wagon à l'autre, ils commençaient à s'inquiéter sérieusement et à s'agiter au point que les employés des Indian Railways avaient un mal fou à les tenir.

A peine revenus dans leur compartiment, les deux amis s'aperçurent que le train repartait. Irait-on jusqu'à Sholapur ou seulement à Akalkot ? Mystère ! Comme ce fâcheux accident ne laissait pas de les intriguer, ils trompèrent l'attente, qui promettait d'être longue, en échafaudant toutes sortes d'hypothèses et en se posant mille questions.

Pourquoi la malheureuse Priyankâ n'avait-elle pas réussi, alors qu'il n'y a rien de plus facile, à ouvrir sa porte pour tenter de sortir et appeler du secours ? Etait-elle déjà à ce point intoxiquée par la fumée ou trop accablée de souffrance ? Pourquoi avait-elle attendu d'être si grièvement atteinte pour tirer le signal d'alarme ?

— Non, cela paraît peu probable, elle n'en était déjà plus capable, mais alors qui l'a tiré ?

Pourquoi portait-elle ce sari bariolé à bas prix alors que toutes ses autres affaires étaient, comme Doc avait eu le temps de le remarquer, d'un grand luxe, et que son sac regorgeait de saris de soie ? Pourquoi avait-elle branché le ventilateur malgré la climatisation ?

— C'est peut-être quand elle a essayé de l'arrêter qu'un pan de son sari s'est pris dans les pales. Elle a pourtant réussi à se dégager.

— Une énigme tout à fait digne de toi !

Arjun faisait allusion aux talents cachés de Doc, que certaines circonstances fortuites avaient déjà amené à élucider des énigmes policières. Celui-ci ne répondit pas tout de suite. Il se triturait distraitement un lobe d'oreille en repensant au visage de la victime, qui s'éclairait dès que quelqu'un d'autre parlait pour mieux se rembrunir lorsque c'était son mari ou sa belle-mère. Les rares fois où elle avait consenti à participer à la conversation qu'ils avaient eue l'après-midi dans le petit salon, il ne l'avait pourtant pas trouvée déplaisante. Moins, en tout cas, que lorsqu'elle arborait sa mine boudeuse ou ses airs prétentieux habituels. Il en conclut provisoirement que cette femme devait être bourrée de complexes de supériorité aussi bien que d'infériorité, qu'elle aimait bien les blagues et que cette mort ressemblait à une mauvaise farce.

— Une véritable énigme, comme tu dis. Mais, pour les policiers, elle ne devrait pas être bien difficile à débrouiller. Ce que nous prenions pour des hululements de chouettes ou de fantômes, ne crois-tu pas que c'étaient ses cris à elle ?

— C'est tout à fait possible, oui. Mais je ne comprends pas comment le feu a bien pu prendre comme ça, sans raison.

— Priyankâ fumait peut-être. N'as-tu pas vu un étui et un briquet sur la tablette ?

Arjun sourit car aucun détail n'échappait à son ami. C'est d'ailleurs pour cela que ses diagnostics médicaux étaient généralement infaillibles et sa renommée immense.

Dehors, il faisait encore nuit, mais comme le train roulait très lentement, on pouvait apercevoir, tous les huit cents mètres environ, un homme au garde-à-vous le long de la voie et qui brandissait un fanion d'une couleur rendue imprécise par la pénombre. L'express, transformé contre son gré en vulgaire tortillard, siffla à plusieurs reprises avant de s'immobiliser tout doucement.

On était à Akalkot et il était plus de deux heures du matin.

Des lumières sur le quai permettaient de voir un petit groupe d'hommes aux airs de conspirateurs passablement contrariés. Ils montèrent aussitôt tandis que des voyageurs cherchaient en vain à descendre, créant une confusion inimaginable. Il fallait enrayer la panique naissante, aussi des escadrons d'employés furent-ils dépêchés dans chaque compartiment pour expliquer ce qui se passait. Peu à peu, le désordre parut s'apaiser et, dans un calme relatif, l'attente recommença pour tout le monde. Quelqu'un vint dire à Doc qu'on le demandait à la tête du train, ainsi que son compagnon.

— Alors, qu'est-ce qui ne va pas ?

Probablement distrait ou encore un peu endormi, le médecin légiste entra chez Priyankâ en prononçant ces mots quelque peu inappropriés. Il s'arrêta net, puis se dirigea lentement vers le corps rabougri et s'accroupit en faisant signe à son assistant d'approcher. Celui-ci obéit mais il semblait très incommodé par le mélange d'odeurs de plastique – le sari en acétate mais aussi le linoléum –, de peau et de cheveux brûlés, et encore plus par la vision qui s'offrait à lui.

Dans le couloir, se tenaient quelques agents de police somnolents, des photographes, et surtout un commissaire en conversation avec le maire d'Akalkot en personne. R.D. apprit à Doc que ces deux personnages s'étaient déplacés en raison de l'importance de la famille Dutt et aussi parce que Priyankâ était, ajouta-t-il, la fille d'un industriel de Bombay très connu.

Bientôt, le médecin légiste ressortit en rengainant le stéthoscope qu'il avait sorti par pure habitude. Il vint se poster devant le commissaire et déclara Priyankâ Dutt, née Basu, officiellement décédée. Il ajouta sur un ton neutre qu'elle n'aurait sans doute pas survécu à ses brûlures, profondes et multiples. Il n'ajouta pas, mais les autres l'avaient compris et une autopsie le confirmerait au besoin, que la victime avait dû succomber à un arrêt cardiaque provoqué par le saisissement, l'asphyxie ou les deux. Les photographes entrèrent à sa place en râlant tout haut contre l'odeur de cramé. Intrigué, Doc demanda si on procédait toujours de la sorte en cas d'accident ou si c'était parce que des doutes existaient déjà sur la nature de cet accident.

— C'est très probablement un malencontreux accident, mais je suis devenu archiprudent depuis que j'ai eu des ennuis pour n'avoir considéré qu'un des aspects d'une affaire plus ou moins similaire. Alors, je vais même faire tracer une marque sur le sol, autour du corps, et aussi faire prendre toutes les empreintes. Ensuite, je poserai quelques questions, si vous n'y voyez pas d'inconvénient, bien entendu.

Bien que d'assez méchante humeur, le commissaire faisait un effort pour rester poli. Il se détourna et donna l'ordre d'amener dans le petit salon les témoins éventuels, ainsi que la famille de la victime. Puis, en lui montrant Doc, il demanda à R.D. :

— Vous m'avez bien dit que ce monsieur s'appelait Doc ? Doc comment ?

— Doc tout court.

— Quoi ? Mais ce n'est pas un nom, ça !

R.D. dut lui avouer que tout le monde, à sa connaissance, désignait Doc ainsi et que personne, jamais, ne l'avait appelé autrement. Il avait sûrement un nom, ce qui devrait être facile à vérifier, mais même ceux qui le savaient, lui-même compris, semblaient l'avoir oublié et les autres s'en souciaient peu. On l'appelait toujours Doc et c'était le meilleur et le plus fiable des médecins, et aussi un fameux mélomane, un as des arts martiaux… un polygl…

— C'est bon, on verra ça plus tard, n'en rajoutez plus ! Pour le moment, je vous demande d'aller me chercher les Dutt.

Le commissaire était enfermé depuis un bon moment avec Tâmrâ Dutt et son fils, Bijal. Doc les avait aperçus de loin et n'avait remarqué chez eux aucun signe d'affliction. En attendant d'être interrogé, il resta dans le couloir à observer les allées et venues. Un homme entra chez Priyankâ avec une craie et il le vit qui hésitait à faire le tracé autour du tas de chair carbonisée. C'était une forme inhabituelle pour un cadavre et l'homme semblait décontenancé. Puis la routine reprit le dessus et il exécuta tant bien que mal son pitoyable dessin autour du pauvre corps supplicié.

— Encore un peu, et on n'avait plus besoin de l'incinérer !

Celui qui avait parlé ainsi, en faisant pouffer l'un des deux agents en faction, arrivait cette fois pour relever les empreintes avec son insufflateur à poudre et sa loupe. C'est alors qu'on dit à Doc que le commissaire désirait le voir.

Tâmrâ Dutt était installée aussi majestueusement que lors de leur conversation de la veille, et sur le même fauteuil. Son visage s'éclaira et elle lança un « Hello, Doc ! » mélodieux en direction du nouveau venu. Bijal Dutt avait l'air plus ennuyé que triste et se tenait debout près d'une fenêtre. Le commissaire n'était pas très à l'aise non plus et même lui accueillit Doc en souriant :

— Entrez, docteur euh... Doc. J'ai pas mal de problèmes et notre chère grande actrice, ainsi que son fils, euh... nos amis ici présents sont bien attristés par ce fâcheux...

— Cessez de tourner autour du pot, commissaire ! Ce n'est pas parce que ma belle-fille a fait une imprudence que je dois être tirée du lit en pleine nuit et interrogée comme une vulgaire délinquante !

La voix habituellement grave et chaude de Tâmrâ Dutt, la même qui avait enthousiasmé des salles toujours combles, était à cet instant si froide et si coupante que le commissaire regarda Doc avec un certain découragement. Les Dutt étaient des gens très puissants, comment l'ignorer ? Comme son défunt père, Bijal était l'un des grands sponsors des équipes sportives de tout le Mahârâshtra. De plus, tout le monde sait que politique et cinéma vont en Inde main dans la main : les Dutt avaient donc pas mal de politiciens dans leur manche. Le père de la victime, Kapil Basu, était, lui, un magnat de l'industrie au Mahârâshtra. Si le commissaire traitait cette affaire comme un accident regrettable mais sans y accorder d'importance, Basu serait contrarié. Si, au contraire, il y avait enquête, comment ne pas mécontenter les Dutt et se les mettre à dos en les interrogeant ? Contrariété de l'un ou mécontentement des autres, le choix risquait d'être désavantageux de toute façon.

Doc mesurait l'étendue des ennuis du commissaire, mais celui-ci choisit d'évoquer d'autres problèmes encore. En regardant à la ronde, il se lança à l'eau.

— Je vais parler marathî, mais je baragouine un peu le tamoul et si ça ne va pas, on parlera anglais ou hindî, d'accord ?

Devant l'absence de réaction, il poursuivit :

— Bon, eh bien, je suis convaincu, pour ma part, que la victime a en effet commis une grave imprudence et qu'elle est seule responsable de ce malheur. Mais j'ai là un inspecteur de la sécurité ferroviaire qui s'est mis en tête que le verrouillage de la porte de l'intérieur n'était pas la preuve absolue d'un accident et qu'il fallait...

— Pas une preuve ? Croit-il vraiment que je me serais dérangée en pleine nuit pour aller crocheter une serrure et mettre le feu dans un compartiment voisin, occupé qui plus est par quelqu'un de ma famille ? Cet inspecteur fait peut-être du zèle, mais il me semble qu'il doit avoir un supérieur, non ? On s'adressera à lui s'il le faut !

Tâmrâ Dutt paraissait au paroxysme de l'indignation et, en même temps, on aurait dit qu'elle ne faisait que répéter un rôle et ne prenait pas la situation au tragique. Le commissaire reprit péniblement :

— Comme je vous le disais, rien n'est simple dans cette affaire. Si je suis forcé de vous importuner, c'est parce que cela s'est passé dans un train et comme celui-ci doit traverser plusieurs Etats pour aller de Chennai à Mumbai (pour garder un ton officiel, il employait les noms récemment indianisés), personne ne veut prendre de responsabilités. Mais il y a tout de même quantité de formalités à accomplir et c'est moi qui en suis chargé, ainsi que l'officier de la sécurité ferroviaire. Certains voyageurs, une fois le choc passé, sont déjà furieux du retard et menacent de…

— Moi aussi je suis furieuse, mais je ne fais pas tant d'histoires !

Excédé, le policier évita de regarder l'actrice et poursuivit :

— On me confirme par ailleurs que les Indian Railways ont coutume d'intenter un procès aux personnes ayant occasionné des préjudices aux autres voyageurs au cours d'un voyage… ou à leur famille.

— Alors là, c'est un comble ! Mais soyez tranquille, nous aussi nous porterons plainte contre les Indian Railways pour climatisation défectueuse, difficulté à ouvrir portes et fenêtres, absence de surveillance dans les couloirs. Ce ne sont pas les sujets de mécontentement qui manquent, si on tient absolument à se plaindre ! Croyez-vous que ce retard m'arrange, moi ? J'avais bien raison de ne pas vouloir rentrer en train et si les menaces de grèves aériennes ne nous y avaient pas contraints…

La mauvaise foi, l'égoïsme ou tout simplement l'inconscience de la star embarrassaient le commissaire au point qu'il parut soulagé de voir apparaître celui qui avait décidé de ne pas s'en laisser conter et qui disait se moquer de l'importance des Dutt. Après s'être nommé, le fonctionnaire s'adressa à Bijal Dutt sans amabilité excessive et sans même accorder un regard à Tâmrâ :

— Capitaine Bhera, chargé de la sécurité ferroviaire. Monsieur Dutt, pouvez-vous me rappeler votre profession ?

— Producteur, fils de producteur !

Comme s'il n'avait pas remarqué l'insolence, Dutt avait répondu avec une certaine fierté.

— Cinéma, peut-être ? Très bien. Je vais vous demander de bien vouloir me suivre pour identifier la victime.

Tâmrâ Dutt esquissa un geste vers son fils, mais les deux hommes étaient déjà loin.

Dutt regardait ce qui restait de son épouse sans émotion particulière, sans grande joie non plus. Il sortit de sa poche un fume-cigarette mais l'y remit aussitôt en comprenant ce que son geste aurait d'inconvenant devant ce corps brûlé. On aurait dit, en revanche, que l'inspecteur attendait justement qu'il fît ce mouvement pour dire sur un ton insinuant :

— Vous cherchez ceci, peut-être ?

Il désignait, sur une tablette, un étui et un briquet avec de grosses initiales, B.D., bien visibles.

— C'est bien à vous, non ? Pouvez-vous me dire ce que font ces objets dans le compartiment de la défunte ?

— C'est très simple, ces trois objets (il avait ressorti le fume-cigarette) m'ont été offerts par ma femme lorsque nous avons quitté Bombay pour Madras, la semaine dernière.

— Je vois, et elle vous en a repris une partie depuis ?

— Pas du tout ! Hier soir, quand je suis venu prendre congé d'elle pour la nuit, j'ai dû allumer une cigarette et oublier ces objets auxquels je ne suis pas encore habitué. Elle m'avait d'ailleurs dit qu'elle avait envie de fumer aussi et peut-être les ai-je laissés pour cette raison, je ne sais plus...

— Monsieur Dutt, je vous en prie ! Ne savez-vous pas que plusieurs raisons font plus mauvais effet encore que pas de raison du tout ?

— Mais c'est que vous avez l'air de me soupçonner, alors que la porte du compartiment de Priyankâ était verrouillée de l'intérieur, je n'y comprends rien, moi !

— Monsieur Dutt, un employé m'a dit que vous lui aviez plusieurs fois demandé son passe. En quoi le verrouillage de la porte était-il un obstacle, dans ces conditions ?

— Bien sûr, je ne fais aucune difficulté pour le reconnaître, j'ai fait ouvrir et refermer plusieurs fois les deux compartiments contenant nos affaires, mais sûrement pas celui de ma femme !

— Même pas par erreur ? Vous avez bien ouvert celui de la femme de chambre à l'autre bout du wagon ! Elle et l'employé le confirment l'un comme l'autre !

— C'est vrai ! Et elle a eu tellement peur que nous avons dû beaucoup nous excuser pour la calmer !

Cette fois, c'était un Dutt très détendu qui avait répondu en riant de si bon cœur que Bhera faillit perdre un peu de son assurance et se demanda même si, pour paraître tellement à l'aise, son suspect n'était pas sous l'emprise d'une petite ligne de coke, comme cela arrive parfois aux gens du spectacle.

— Bref, quoi qu'il en soit… A part un accident ou une agression, pensez-vous que nous puissions envisager un suicide dans le cas de votre épouse ? Avait-elle, à votre connaissance, une raison quelconque de mettre fin à ses jours ?

— Aucune, naturellement ! Demandez à ma mère, à mon secrétaire, à la femme de chambre, à qui vous voudrez… Tout le monde vous dira la même chose, c'est un malheureux accident.

Le commissaire était occupé à interroger Raghunâth Kesri, le secrétaire des Dutt. Tâmrâ avait carrément refusé de quitter son fauteuil et exigé que Doc restât avec elle. Celui-ci avait finalement réussi à la convaincre de s'écarter un peu. Il entendait cependant les déclarations du jeune homme et, tout comme le commissaire, les trouvait peu précises. Kesri ne savait rien, n'avait rien vu. Il avait seulement cru entendre des cris, était sorti dans le couloir, avait frappé sans résultat à la porte de la victime, d'où s'échappait de la fumée, puis avait tiré le signal d'alarme. Quand le contrôleur et le Railway Doctor étaient arrivés, il avait regagné son compartiment, mais il ne voulait pas expliquer pourquoi il n'était pas resté. Doc le trouvait toujours excessivement beau mais si confus qu'il lui était impossible pour le moment de se faire une idée des relations qui pouvaient exister entre le jeune homme et Tâmrâ, Bijal ou Priyankâ.

Ce fut ensuite le tour de la femme de chambre. Elle en savait encore moins que Kesri, n'avait rien entendu et ne cessait de répéter en se tordant les mains qu'elle avait pourtant bien prévenu ses maîtres : il n'y a que le jeudi qui soit un bon jour pour entreprendre un voyage vers le Nord. Les autres jours, il faut s'attendre à des malheurs, et voilà, c'était arrivé !

Le capitaine Bhera revenait, suivi de Dutt, lorsque Tâmrâ laissa éclater sa colère.

— Allez-y ! Soupçonnez-nous tous et traitez-nous comme des criminels ! Dès notre arrivée, nous allons porter plainte pour diffamation et vous allez voir ce que vous allez voir ! Doc, ici présent, nous servira de témoin et…

— Parlons-en de ce Doc, le passager sans nom ! l'interrompit le capitaine Bhera sans façons. Faites-moi le plaisir, monsieur, de me montrer vos papiers et de m'expliquer ce qui vous autorise à vous mêler de tout, alors que vous n'êtes qu'un passager comme les autres, que je sache. A moins que vous n'ayez des déclarations à faire ou que vous n'en sachiez un peu plus pour avoir rôdé dans les couloirs et peut-être même rendu visite à la victime, qui sait ?

Doc n'avait pas tellement l'habitude d'être considéré comme suspect, mais il tendit ses papiers à Bhera, serra son parapluie contre lui et attendit dignement. Bhera se calma un peu et chercha à plaisanter pour faire passer son éclat.

— Vous devez trouver que j'ai l'air d'un fou à soupçonner tout le monde, mais c'est que je suis responsable de la sécurité. Vous, qui vous promenez dans un train en pleine nuit avec votre parapluie, eh bien, on pourrait aussi vous prendre pour un fou après tout. Bon, plus on est de fous, me direz-vous...

Avec les éléments en leur possession, et après avoir passé en revue, puis éliminé tous les suspects possibles, y compris quelqu'un venu de l'extérieur puisque le wagon était fermé à chaque extrémité ou même l'un des serveurs-acrobates qui n'aurait pas pu entrer par la fenêtre puisqu'elle était fermée, le commissaire concluait provisoirement à un accident et le capitaine de la sécurité à un meurtre ou à un suicide. Contre la thèse du meurtre : la porte fermée de l'intérieur. Contre celle du suicide : l'absence de lettre d'adieu. Comme ils ne dépendaient pas des mêmes instances, ils enverraient donc leurs conclusions divergentes à Bombay où l'on trancherait. C'est sur ces paroles, et après avoir donné quelques consignes au chef de train et aux deux agents en faction devant le compartiment funèbre, qu'ils quittèrent l'express. Il était plus de quatre heures du matin.

— Ce train, qui n'avait que deux petites heures de retard, va finir par arriver à destination le lendemain du jour prévu ! entendit-on pendant que le convoi repartait enfin.

Les Dutt avaient disparu et ce qui frappait le plus Doc, c'était que personne n'eût exprimé de commisération à l'égard de Priyankâ. Personne, pas plus ses proches que le secrétaire ou la femme de chambre, ne semblait l'aimer, encore moins la regretter.

Pour une candidate au suicide, elle ne lui avait pas paru particulièrement déprimée. Mais il se demandait si sa forte personnalité et son caractère agressif avaient pu suffire à provoquer une haine meurtrière. Il ne le saurait probablement jamais et ne s'en souciait pas vraiment.

Si l'ambiance avait changé dans les wagons, la chaleur recommençait déjà à se faire sentir. Chaque fois que Sport voulait partir en promenade, suivi de son copain Pif, on les rappelait aussitôt. A part quelques dormeurs invétérés, tout le monde était debout et les discussions ne tarissaient pas. On entendait ici et là le mot de *satî*, ce qui prouvait que, spontanément, et sans rien savoir de précis, certains avaient pensé à ce suicide par le feu pratiqué autrefois par les guerriers vaincus et, plus couramment, par les veuves jusqu'à une époque récente. Le sujet était comme toujours évoqué gravement, car personne n'a envie de se retrouver édenté comme Pûshan, le dieu sans manières qui avait osé rire en assistant au sacrifice par le feu de la déesse Satî et qui avait eu à le regretter quand Shiva lui avait brisé la mâchoire.

D'autres bavards allaient jusqu'à parler de crime et s'époumonaient à qui mieux mieux, comme s'ils plaidaient. Les uns voyaient là une dispute ayant dégénéré en meurtre, les autres évoquaient déjà la deuxième dot que tout veuf est en droit d'espérer s'il se remarie. Détectives et avocats amateurs s'en donnaient à cœur joie.

Lorsque apparurent les premières lueurs de l'aube, Doc repensa à celle qui venait de prendre le chemin de l'éternité de façon aussi effroyable et que personne ne pleurait, ainsi qu'à tous les fantômes évoqués quelques heures plus tôt. Puisque se levait un jour nouveau, il était grand temps pour tous ceux-là de suspendre leur danse macabre. Au moment où les grands oiseaux de nuit allaient fuir la lumière naissante pour se réfugier dans des trous d'ombre, lémures en peine, âmes damnées, gnomes hideux, goules gourmandes de charogne allaient, eux, s'égailler dans toutes les directions, pour rejoindre en piaillant leurs immondes abris, pleins d'ossements et de crânes grimaçants. Gobelins et lutins espiègles, farfadets et elfes farceurs – tous ceux qui constituent en somme les équipes de jour – ne se feraient pas prier pour prendre enfin la relève.

C'était maintenant confirmé, l'express ne pourrait jamais rattraper son retard.

Des attelages partaient au labour, d'autres en revenaient déjà. Au-dessus des champs de canne à sucre, une fine poussière signalait la présence des coupeurs. Plus loin, de vastes étendues de maïs abondamment arrosées, ou de pavots en fleur, et des rizières jusqu'à l'horizon.

Après un bref repos, R.D. était revenu auprès des brahmanes. Ils avaient à nouveau évoqué les événements de la nuit, déplorant d'être arrivés trop tard pour sauver Priyankâ, et ils écoutaient distraitement les propos de leurs voisins mais le cœur n'y était plus. R.D., les yeux rougis par l'épuisement provoqué par son cauchemar aussi bien que par la mort d'une passagère, ne cessait d'enlever et de remettre ses lunettes. Ils se turent jusqu'aux faubourgs de Poona. Le train s'y arrêta et on servit aux voyageurs un repas froid. Sur le ballast, trois chiots cherchaient à escalader une traverse mais retombaient sans cesse avec une grâce pataude.

Encore une fois, le paysage avait totalement changé. Le long des voies, circulaient à pied des hommes en longue chemise et bonnet blancs, et des tribus entières couvertes de rouges oripeaux. Le train traversa rapidement une petite zone désertique, où Doc aperçut une carcasse de chien avec sa laisse en chiffon jaune, avant de ralentir pour franchir les ghâts. Il amorça alors une descente prudente entre rocs, broussailles, troupes de singes agités, villages perdus couleur de latérite.

Par endroits, la vue sur les abîmes était impressionnante et le souvenir d'accidents restés célèbres venait à quelques-uns, mais l'altitude apportait en tout cas un peu de fraîcheur. Des files de camions montaient et descendaient très lentement une route en lacets.

A Shivajinagar ou à Pimpri, des cabanes de carton et quelques ustensiles de terre cuite faisaient penser à un décor de théâtre détrempé par les eaux de la mousson. A Lonavla, un chien, encore un, un grand chien noir était installé sur le bureau du chef de gare, lui-même réduit à écrire sur ses genoux.

Des cactus, des briqueteries d'où sortaient des ouvrières aux mains et aux pieds ocre. Des taudis baignant dans des odeurs d'égout. Au loin, une affiche indiquait un asile pour animaux, probablement un de ces *pinjrapol* créés par des prêtres *jaina*. A Kalyan, il fallut attendre le passage du Punjab Mail avant de repartir. Cimetières, usines chimiques entourées de hauts murs couverts de graffiti et surmontés de tessons et de miradors, bidonvilles infernaux à perte de vue.

Avant d'atteindre Thana, il fallut encore traverser un bras de mer et des marais salants nauséabonds. Tous les immeubles sur un côté de la voie avaient des fenêtres grillagées et les tuyaux crevés. De l'autre côté, dans le lointain, on devinait vaguement les bâtiments du centre de recherches atomiques de Trombay.

Il était près de vingt et une heures lorsqu'ils virent enfin approcher Dâdar. Monceaux d'ordures, flaques reflétant les enseignes au néon : « Everest », « Famous », « Waltz », « Diamond Center », « Cybercafé Sarasvatî », « Audio Palace », « King Video ».

DÂDAR ! Plus de sept heures de retard !

Sur le quai bondé, une ambulance attendait probablement la dépouille de Priyankâ.

Doc et Arjun furent les premiers à descendre, laissant les autres voyageurs excédés et fatigués aux prises avec leurs encombrants colis. Les navettes pour Victoria Station étaient prises d'assaut, grappes de gens accrochés aux fenêtres et saris flottant au vent. Les deux amis choisirent de laisser partir la première, tout juste le temps de se dégourdir les jambes et, pour Doc, d'esquisser quelques passes de *kalaripayatt* avec son parapluie fermé en guise de bâton de combat.

Chapitre 4

La sonnerie du téléphone les fit sursauter. Et pourtant, Kaustubh et Kamalâ Sen espéraient cet appel depuis des heures. Ils attendaient Doc, leur beau-frère, ainsi que son ami Arjun. Et ceux-ci auraient dû être arrivés depuis longtemps.

Kamalâ s'était tellement épuisée en préparatifs que Kaustubh lui avait imposé un peu de repos. L'atmosphère luxueuse et paisible de leur appartement et leur attitude alanguie auraient pu tromper tout spectateur non averti, mais en réalité ils étaient tous les deux assez nerveux. Kamalâ, parce qu'elle était de nature émotive (« Doc si savant, si moqueur, si original – le mari de ma petite sœur »). Kaustubh, parce qu'une rencontre avec Doc n'était jamais sans surprise (« Il vient pour me soigner. C'est un as et son ami aussi, mais que vont-ils bien pouvoir inventer ? »)

— C'est bien ça ! Leur train a un retard de sept heures à cause d'un accident pendant le voyage. Ils sont encore à Dâdar et ont refusé que je leur envoie le chauffeur. Ils vont prendre la navette jusqu'à V.T., puis un taxi. Ils ont dit de ne pas les attendre pour dîn…

— Un accident ?

Kamalâ avait pâli. Elle se tenait la gorge d'une petite main potelée et avait quelque mal à respirer.

— Calme-toi. Ils sont sains et saufs. Ils nous raconteront. Et, bien entendu, on les attendra pour dîner.

Kaustubh parlait d'une voix ferme et rassurante. C'était un homme grand et fort, en adoration devant sa petite femme, qui le lui rendait bien. Kamalâ l'admirait, le respectait, était aux petits soins pour lui, qui la gâtait tellement en retour. Point n'est besoin d'insister : ils s'entendaient on ne peut mieux. Leur seul souci : l'embonpoint de Kaustubh. De nos jours, hélas ! le statut social ne va plus de pair avec la corpulence et, au-dessus d'un certain poids, les assureurs vous refusent leurs prestations, tandis que les médecins paraissent éprouver une joie sadique à vous menacer des plus grands maux.

Kaustubh regardait sa montre. Leurs hôtes ne tarderaient plus beaucoup maintenant et ils passeraient aussitôt à table. Torturé par la faim, il savourait à l'avance le plaisir de déguster les mets succulents préparés par Kamalâ. Malgré ses sept repas quotidiens, il ne se considérait pas comme un gros mangeur et pensait sincèrement qu'il ne faisait chaque fois que grignoter. Il se rassit en soupirant dans son vaste fauteuil, en caressa le cuir gras et souple – du buffle pleine fleur qui avait coûté une fortune, comme tout l'ameublement, moderne mais de qualité – et il regarda avec satisfaction sa petite femme replète au visage aimable et aux grands yeux perpétuellement étonnés. Ce n'était point qu'il s'ennuyât avec elle mais il se réjouissait de converser avec Doc, si différent des gens qu'il côtoyait dans le monde des affaires. Prospère fabricant de savon, il y avait bien réussi depuis l'époque où l'Inde, pour en finir avec une réputation d'amateurisme, avait décidé de produire « des vis qui vissent, des savons qui moussent, des allumettes qui s'enflamment ». Mais ses pareils ne l'amusaient pas toujours et Kamalâ elle-même, si bonne et si dévouée, avait autant que lui besoin d'être un peu tirée de son traintrain quotidien par une présence tonifiante.

36 Marine Drive. Une adresse de prestige, que personne ne vous fera jamais répéter. Pourtant, Doc avait demandé au chauffeur de taxi de les arrêter à Nariman Point pour pouvoir marcher un peu. Après avoir traversé Madame Cama Road, ils tournèrent à droite dans Jeevan Bima Marg, puis à gauche dans Babubhai Chinay Path. Et là, Doc se livra avec son parapluie fermé à une série éblouissante de moulinets, d'attaques et de parades, qui auraient ahuri les passants si la rue n'avait pas été déserte. Arjun, lui, était toujours aussi épaté par les passes d'armes, les fentes et les bonds prodigieux de son ami, mais

il était accoutumé aux démonstrations de cet art martial de la côte ouest. En effet, Doc pratiquait depuis toujours le *kalaripayatt* pour l'avoir appris tout jeune au Kerala.

Cette fois encore, ces exercices avaient balayé chez lui toute la fatigue d'un voyage éprouvant et il avait enfin retrouvé en quelques instants un équilibre idéal de détente et d'énergie.

Parvenus à Marine Drive, ils s'arrêtèrent pour admirer la baie et, au loin, les lumières de Malabar Hill et de Chowpatty Beach. L'air marin apportait une odeur d'iode et de sel, à peine gâchée par celle des égouts que la mousson avait fait déborder. Le long de la mer, des calèches montaient et descendaient la large avenue épousant la baie.

Après les marbres impressionnants de l'entrée de l'immeuble, l'accueil chaleureux de Kamalâ et de Kaustubh les mit tout de suite à l'aise. Ils jugèrent la délicieuse odeur de *pulao* très accueillante aussi et Doc, en voyant Kamalâ sans perruque mais avec sa belle chevelure, se sentit soulagé qu'elle ne l'eût pas sacrifiée une fois encore au dieu Venkateshwara de Tirupati, pour un quelconque vœu de pure superstition. Il eut droit, cependant, à une petite manifestation de cette superstition lorsque Kamalâ se précipita vers lui pour lui nouer autour du poignet, en récitant un court *mantra,* le fil rouge qu'échangent frères et sœurs comme porte-bonheur le jour de la fête lunaire de *Pûrnîma,* à l'équinoxe d'automne.

Il s'agissait de l'un de ces petits arrangements courants avec certains interdits : comme on ne doit rien prendre, pas même un verre d'eau, dans la maison de sa belle-sœur, par ce fil Kamalâ faisait symboliquement de Doc son frère. Désormais, il pouvait séjourner chez elle sans enfreindre une règle variable d'ailleurs d'une région à l'autre.

Doc sourit en pensant à la force du symbole, mais il décida de ne pas se formaliser de tout ce qui risquait de l'agacer chez Kamalâ. Après tout, il ne devait pas oublier sa dette envers elle : Kamalâ avait accepté la demande en mariage de Kaustubh sans même le connaître et, bien qu'il ne fût pas tout à fait brahmane, pour que Vasantâ pût épouser Doc. Ce qui eût été impossible tant que son aînée n'était pas mariée. Et puis, Kamalâ n'était-elle pas la bonté même ?

Pendant qu'elle mettait une dernière main au repas, Kaustubh les conduisait dans leurs chambres. Deux belles pièces agréablement fraîches, séparées par une grande salle de bains tout en miroirs. Ils sortirent sur le balcon pour admirer la vue. Un drôle de vent s'était mis à souffler, annonçant une tempête de mousson. De temps à autre, une vague plus forte que les autres arrivait depuis l'horizon à une vitesse étonnante. Elle paraissait ensuite s'immobiliser avant d'enfler démesurément, ne se brisant pas comme les vagues ordinaires mais rebondissant avec vigueur et fracas, s'élevant à plusieurs mètres au-dessus du boulevard maintenant désert, puis déferlant à grand bruit en charriant sable et galets. Elle refluait ensuite en s'enroulant sur elle-même et regagnait la grève en laissant derrière elle d'énormes paquets d'écume.

Il fallait sans aucun doute mettre le beau-frère au régime sans tarder mais, ce soir, c'était fête et il n'était pas question de bouder le dîner pantagruélique de bienvenue. Doc goûta de tout avec un appétit inhabituel chez lui, mais qui paraissait bien modeste comparé à celui du beau-frère. Kamalâ insistait pour les resservir sans cesse de ce merveilleux assortiment de *bhindi, gobi, palak*, dont les sauces onctueuses mouillaient à point le riche *pulao*. Les diverses saveurs du riz épicé se mariaient divinement aux goûts doux, acide, salé, amer, piquant – un plat réussi devrait en comporter un peu de chaque – du gombo, du chou-fleur et de l'épinard cuisinés avec art.

Doc, qui d'ordinaire se contentait de manger du bout des dents, ralentit un peu pour se concentrer sur les piments qui agrémentaient le *gassi,* un curry à la noix de coco et au tamarin dont il savait que c'était une spécialité de Kamalâ. Bien qu'un peu abondant, ce repas était admirablement composé, un régal autant pour les papilles que pour les yeux, tout à fait en accord avec les règles de la gastronomie indienne. Bien sûr, Kaustubh aurait pu éviter de l'arroser de grandes rasades de jus de canne au citron vert et il aurait dû réduire les quantités de *nân* doré et gonflé avec lequel il pompait toutes les sauces. Kaustubh mangeait beaucoup trop, et Kamalâ trop nerveusement. Seul Arjun le faisait calmement et sans excès. C'est que Doc observait volontiers la façon dont les autres se nourrissaient et disait en apprendre beaucoup sur eux.

Le yaourt aux crudités, rafraîchissant et eupeptique, fut le bienvenu, mais on aurait aisément pu se passer des beignets au jus de tamarin, comme du nougat maison aux noix.

— Je crois que je vais en rester au *raita*. Merci, non, pas de *panipuri* ni de *chikki* pour moi ! Mais c'était fameux, comme toujours !

Moins grands que les autres, Kamalâ et Doc disparaissaient, engoncés dans les amples fauteuils du salon. Ce n'est que lorsqu'ils y furent tous installés que la conversation s'orienta vers l'accident survenu dans le train. Peu après, Kamalâ servit le thé et Kaustubh, congestionné et le souffle court, offrit des *pân* d'une telle fraîcheur que Doc et Arjun se laissèrent tenter.

— C'est interdit aux brahmanes et, en plus, on sait que l'arek déchausse les dents : deux bonnes raisons pour s'en accorder un de temps en temps !

Kaustubh en riait encore lorsque Kamalâ évoqua la *satî* à propos de l'incendie qui avait tué cette femme dans le train. Avait-on, demanda-t-elle, volontairement mis le feu au sari de la pauvre femme ? S'était-elle suicidée ? Elle eut l'air encore plus bouleversée en apprenant le nom de la victime et ils comprirent vite pourquoi : les Sen connaissaient bien les parents de Priyankâ. Kapil Basu, le père, un industriel originaire du Bengale, fréquentait le même club que Kaustubh. Il lui avait parlé avec fierté de sa fille, qu'il avait fait élever au célèbre collège Mayo, près d'Ajmer. Les filles n'y sont admises que depuis peu et la sienne était si brillante qu'on l'avait acceptée bien qu'elle ne fût pas de sang princier.

— C'est le gratin qui va là-bas. Même si les élèves n'ont plus le droit de s'y présenter avec leurs serviteurs, leurs chevaux et leurs animaux de compagnie, comme autrefois.

Kamalâ interrompit son mari, ce qui n'était pas fréquent.

— On disait que c'était une prétentieuse, qui jouait des tours pendables à tout le monde, n'avait jamais un mot gentil pour personne et que personne n'aimait…

Doc resta songeur en l'écoutant car Kamalâ n'avait pas non plus l'habitude de médire.

Comme Kaustubh souhaitait que cette première soirée se terminât sur une note agréable, il se mit à exposer le programme des distractions prévues pour les invités. Il avait réservé des places pour un concert exceptionnel, mais le nom des chanteurs était une surprise. Et il se proposait de les emmener voir un match de cricket ou de polo et pourquoi pas (il hésita…) un combat de boxe entre un champion sikh, qui avait obtenu de boxer en turban, et son challenger canadien. Alors qu'il avait eu scrupule à parler de boxe à Doc, qu'il croyait intéressé seulement par le *kalaripayatt*, Kaustubh fut impressionné par la science que son beau-frère avait de ce sport.

Doc se garda bien de lui dire que cette érudition toute fraîche lui venait d'une conversation surprise dans le train, justement entre deux porteurs de turban. Il fallait seulement espérer, conclut-il, que, si le Sikh était vaincu, il ne sortirait pas de son turban le *chakra* d'acier à bords tranchants que ses pareils y cachent parfois et qu'ils font tournoyer avant de le lancer sur un adversaire pour le décapiter.

Chapitre 5

La matinée suivante fut bien remplie. Doc ne se réveilla pas tard, mais Kamalâ, debout depuis longtemps, s'affairait du côté de la cuisine en bavardant avec la domestique. Celle-ci ne tarda pas à apporter un plateau avec du café, les inévitables *idli,* et des journaux. Doc fut reconnaissant à Kamalâ de leur épargner un petit déjeuner plus copieux pris en commun et se dit qu'il devrait la persuader de réduire celui de Kaustubh, ce qui ne serait pas chose aisée.

Si l'on en croit le *Panchatantra*, « la femme qui ne fait pas la joie de son mari devrait être réduite en cendres ». C'était, en somme, ce qui venait d'arriver à Priyankâ Dutt, mais tout ce qu'on pouvait reprocher à Kamalâ, c'était plutôt de faire la joie du sien tout en lui nuisant. Si cette pensée était venue à Doc, c'était parce qu'il savait qu'elle gavait Kaustubh du matin au soir.

— *Utha ! Utha !* Debout !

La voix de Kamalâ retentit, disant la formule classique de l'épouse qui a tout préparé et peut enfin réveiller son époux. Il l'imagina saluant le portrait de Kaustubh avant de toucher respectueusement les pieds du dormeur et sourit : d'abord l'image de la divinité, ensuite – suprême privilège – la divinité elle-même. Si toutes les Indiennes sont loin de suivre encore ces anciennes coutumes (« Plus le temps », disent certaines), Kamalâ, elle, ne s'y serait pas volontiers soustraite.

Doc alla sur le balcon mouillé et contempla longuement, à ses pieds, l'immensité de Back Bay, s'ouvrant à l'infini sur la mer d'Oman. Durant la nuit, de fortes vagues et des pluies torrentielles avaient détrempé la chaussée, frappé balustrades et parapets, inondé les terrasses. Les vitres couvertes de buée salée et le sol jonché de graviers témoignaient de la violence des éléments. Tout près, sur la gauche, l'hôtel de luxe Oberoi Towers ; à droite, la pelouse reverdie par les pluies et les gradins du Brabourne Stadium où s'entraînait – petites silhouettes blanches – une équipe de cricket. Il y a toujours des joueurs car leur idée fixe est d'égaler un jour « The Don », l'Australien qui écrasa les meilleures équipes d'Angleterre, d'Inde ou d'Afrique du Sud et dont les scores insultants amenèrent les Britanniques, pourtant inventeurs du *fair-play*, à modifier sans vergogne certaines règles du jeu. Sous un ciel encore chargé de mousson, profitant de l'accalmie, des chevaux galopaient sur la plage.

Le *Times of India* faisait figurer en bonne place l'accident de Priyankâ Dutt dans le Chennai-Dâdar Express, événement qui faisait d'ailleurs la une de tous les autres quotidiens du matin. Les Basu portaient plainte contre la compagnie des Indian Railways et les deux familles y apparaissaient comme plus séparées qu'unies par cette perte commune. Accident ou suicide étaient évoqués et une enquête était ouverte. Parmi les autres articles, on lisait au hasard : *Vingt-quatre heures dans un arbre en attendant que le tigre veuille bien s'en aller... Un éléphant ivre piétine à mort son mahout qui l'avait vexé la veille... Comment apprendre les Yoga sûtra en dormant ou en joggant...* A la radio, c'étaient à peu près les mêmes nouvelles. Rien de bien intéressant, pensa Doc, qui devait au plus vite s'occuper de la santé de son beau-frère, le but de son voyage.

Il s'installa donc avec Arjun pour composer un régime approprié et, surtout, définir la stratégie à employer pour le voir appliqué.

« Manger jusqu'à mourir – Jeûner jusqu'à guérir. » La première proposition s'appliquait tout à fait à Kaustubh, mais la seconde, pas du tout. Avec Kamalâ à son côté, comment envisager un jeûne ? On ne pouvait non plus lui imposer le fameux « régime lunaire » : quinze bouchées à la pleine lune ; une de moins chaque jour jusqu'au jeûne total le quinzième jour ; puis une bouchée de plus par jour jusqu'à quinze et ainsi de suite. Ce principe des « marches d'escalier » risquait de les rendre fous d'angoisse. C'était l'avis d'Arjun qui conclut :

— Il ne faudrait tout de même pas que ce

régime le tue. On va l'examiner, étudier ses analyses et commencer par ce coupe-faim que je lui ai concocté, à base de gomme et de charbon de noix de coco.

Arjun, l'as des plantes curatives, avait également prévu d'autres thériaques, dont une à base d'opium.

— Uniquement des végétaux. Pas la moindre particule d'œil de lézard ou de chair de corbeau, comme on le voit dans certaines recettes antiques. Encore que j'aie été tenté d'y adjoindre de la poudre de ver de terre, qui fait merveille contre la goutte. Tu le savais ?

Après avoir scruté la peau du malade, sa langue, ses iris, et lui avoir scrupuleusement pris *les* pouls le long de l'artère radiale du côté droit, avec trois doigts pour capter les trois humeurs, ils n'eurent plus aucun doute : grave désordre des humeurs, hypertension artérielle, excès de poids, taux de cholestérol et de sucre trop élevés. Il convenait d'agir efficacement mais avec doigté et, surtout, de ne pas l'alarmer tout en l'alertant. Lui inculquer par la même occasion que, dans tout traitement âyurvédique, les trois composantes, physique, mentale et spirituelle, sont indissociables.

— On me dit qu'avec ma constitution sanguine, une mort subite est à craindre. Je ne mange pourtant pas tant que ça et je ne fais que grossir...

— Tss tss tss… Qui dit, d'abord, que tu es un sanguin ? Tu sais bien que c'est l'équilibre des humeurs qui compte, quelle que soit celle qui forcément prédomine et définit la nature essentielle de chacun.

— Serais-je en train de payer quelque faute antérieure ?

La voix de Kaustubh trahissait à ce point l'anxiété que ses médecins trouvèrent inutile de le culpabiliser. Le mieux était de calmer son angoisse et de lui faire admettre que la nourriture, symbole d'abondance et de vie, peut aussi entraîner la mort.

— Pourtant, Dieu sait que Kamalâ prend bien soin de moi.

En effet, et c'était là le hic, ce lent empoisonnement venait des soins excessifs, quoique bien intentionnés, de Kamalâ. Sa panacée à tous les maux, physiques ou autres, le suprême palliatif à tout ennui : un petit *dosa* ; une bouchée, au moins, de *halwa* ; un tout petit peu de *malai* ; un bol de *payassam*. Le tout encore alourdi de tendre affection. Rien de tel pour régresser à l'état de mère et enfant, mais mieux valait ne pas en parler aux intéressés. La nécessité de changer quelques habitudes bien ancrées leur causerait déjà bien assez de stress. Ce qu'il fallait éviter puisque, si les facteurs pathogènes du corps sont les humeurs et leurs excès, ceux de l'esprit sont indiscutablement l'excitation et l'abattement.

Kamalâ, qui avait rôdé avec inquiétude dans

tout l'appartement pendant cette consultation et n'y tenait plus, fit soudain irruption :

— Excusez-moi, mais Kaustubh vous a bien dit qu'il avait essayé sans succès toutes les cures d'amaigrissement qui existent ?

Ils étaient au courant : des plus fantaisistes aux plus drastiques, aucune n'avait donné de résultat.

Comme Avicenne ou Charaka, ils tombèrent d'accord pour soigner en premier les symptômes. Les causes étaient bien trop enfouies pour être attaquées de front. Ils n'en eurent pas pour longtemps à mettre au point un plan comportant quelques plats d'un certain régime à suivre durant sept jours et à renouveler ou pas suivant le résultat, avec, par-ci, par-là, une goutte d'huile essentielle de néroli, de bois de rose ou de cèdre. Mais, avant tout, il faudrait sans doute recourir aux purgatifs et émétiques recommandés aussi bien par Hippocrate que par Charaka pour rétablir le bon équilibre des humeurs.

— Ensuite, un peu de lotus des neiges en infusion fera l'affaire. Ainsi que beaucoup de thé vierge non fermenté. Des massages *abhyanga*, à quatre mains, ne seraient pas inutiles non plus contre l'hypertension et les prétendues insomnies. (Arjun faisait allusion à un genre de massage âyurvédique, pratiqué en versant doucement un filet d'huile tiède depuis le crâne sur tout le corps.)

Ils lui interdiraient les bains échauffants, les matelas trop mous, la sieste, et bien entendu les sept repas quotidiens, et il faudrait qu'il bouge un peu, mais ils n'iraient pas jusqu'aux quarante-six interdits que cite Hemacandra pour la nourriture des ascètes *jaina*.

Strict sans être draconien, avec le petit grain de fantaisie qui aiderait le patient à tenir, leur plan fut vite arrêté.

Ils s'apprêtaient à sortir lorsque Kaustubh proposa à ses hôtes de le rejoindre à son club, plus tard dans l'après-midi. Doc hésitait mais quand son beau-frère ajouta que Kapil Basu y serait lui aussi, il demanda avec une feinte indifférence :

— Dans quel état est-il après ce qui est arrivé à sa fille dans le train ?

— Il a l'air plus furieux que triste, c'est curieux.

Cette réponse suffit pour donner à Doc l'envie d'aller au club lui aussi.

Chapitre 6

La vague de chaleur n'épargnait pas Bombay. A aucun moment de la journée, on ne sentait le semblant de fraîcheur offert parfois par la mousson. Dans l'appartement admirablement exposé des Sen, on s'en rendait mal compte, mais sitôt dans la rue, on mourait de chaleur.

Pourtant, malgré l'air lourd et humide, Doc se sentait vraiment bien. C'était exactement ce qu'il se disait en regardant d'un œil distrait les joueurs de cricket qui, le jour, envahissent les larges trottoirs de Marine Drive. Comme toujours, dès qu'il se retrouvait dans cette ville, une sorte d'excitation joyeuse s'emparait de lui. Il trouvait stimulant ce mélange unique de gens venus de partout et concentrant toutes les diversités de l'Inde et d'ailleurs. Ce cosmopolitisme dégageait à ses yeux une énergie vivifiante et contagieuse. Bombay avait toujours été une usine à rêves, un eldorado pour le moindre entrepreneur, la moindre graine de star, et beaucoup s'y pressaient comme autant de lucioles sur une lampe. On pouvait espérer tout y réaliser et cette seule idée en faisait un lieu bouillonnant de désir et d'attente.

Ce que Doc appréciait aussi dans cette ville purement coloniale, née de la réunion de plusieurs îles de pêcheurs, c'était le foisonnement des styles, indo-sarrasin, moghol, gothique, victorien, et leur juxtaposition. Un étonnant brassage architectural qu'il ne se lassait pas d'admirer.

Ceux de Madras ou de Delhi, dont Mount Road ou Janpath font la fierté, diront peut-être le contraire, mais M.G. Road, l'artère qui traverse une bonne partie du quartier de Fort, est sans égale dans le monde entier.

Sur M.G. Road ce jour-là, l'air tremblait au-dessus des capots des innombrables taxis jaune et noir se faufilant entre autobus et camions, et le bruit des klaxons rendait impossible toute conversation suivie. Doc et Arjun poussèrent cependant jusqu'à Flora Fountain, qui disparaissait, tout comme les bouquinistes installés autour, sous des vapeurs bleuâtres.

Les deux hommes revinrent ensuite sur leurs pas par Nagindas Master Road. Ils s'engagèrent dans Oak Lane, une ruelle plus calme, puis ils entrèrent un instant dans une librairie vieillotte et poussiéreuse de Homi Mody Street. Tout, dans cette rue, était d'un autre âge : le cordonnier assis plantes de pieds réunies et genoux ouverts à même le trottoir ; les échafaudages de bambou ; le veau profondément endormi, attaché devant une boutique au pied d'une chaise ; les marchands de santal assez réveillés, eux, pour vous examiner de la tête aux pieds. Comme si d'un seul coup d'œil ils étaient capables d'évaluer la quantité de bois, la durée et la somme nécessaires à l'incinération de votre futur cadavre. Ces mêmes marchands, d'ailleurs, vendaient leur bois sans demander d'argent. On viendrait les payer après la crémation seulement et si, par oubli ou indigence, on ne le faisait pas, ils effaceraient sans murmurer la dette d'une mort à crédit.

Au bout de la rue, c'était à nouveau le XXIe siècle naissant. Sous l'éclat d'un soleil féroce, l'immeuble de la Bourse ressemblait de loin à un savant empilement de climatiseurs. Une marée humaine s'en échappait pour se déverser à ses pieds et les tractations se poursuivaient sur le trottoir, à coups de vociférations, de gestes sibyllins, de sonneries de téléphones mobiles. Chaque courtier en avait au moins un dans chaque main. « Si l'on mettait autant d'efforts à obtenir la délivrance que l'on en met à acquérir la richesse, on serait plus tôt délivré », cita Doc mentalement.

Lorsque, par Dalal Street, ils regagnèrent M.G. Road, ils se laissèrent griser par l'impression fugitive d'être portés par la foule, comme sur une vague de l'océan. Personne ne se souciait de personne. Occupé à des riens, ou à de grandes spéculations, chacun allait, bavardait, dépensait ou convoitait seulement. Quelques-uns étaient peut-être destinés à mourir ce soir ou demain. Comment savoir ce qui vous attend ?

Au sous-sol de la librairie Taraporevala, Doc ne manqua pas, comme chaque fois, d'avoir une pensée émue pour son ami le juge Tilak qu'il avait connu ici[1]. Tout changeait partout, sauf ce haut lieu de l'esprit et son amitié pour le juge.

Dès l'entrée, le club s'offrit à eux comme un havre de calme et de fraîcheur. Dans le hall vaste et sombre, un grand portrait du fondateur, une fontaine à soda antédiluvienne, des boiseries cirées, un nombre impressionnant de hautes portes, un panneau avec le règlement. Un gardien aux yeux perçants désigna le porte-parapluie à Doc mais celui-ci lui sourit en serrant contre lui son précieux bâton et se contenta d'expliquer qu'ils venaient voir Monsieur Sen. Kaustubh Sen.

Tandis que le portrait les suivait des yeux, on les emmena à travers une suite de salons où des ventilateurs tournant au ralenti agitaient de vétustes tentures. Ils virent en passant des fauteuils profonds, des tables de jeu, des cendriers sur pied. Après avoir traversé de longues pièces oblongues occupées par des billards, ils parvinrent à une immense salle où tous les fauteuils cannés et « chaises de paresse » étaient plus ou moins tournés vers une terrasse. Leurs occupants jasaient en un dialecte assez peu compréhensible. Du *nâgpurî* sûrement, le jargon des Marâthes. D'autres somnolaient sur leur journal préféré. Quelques serveurs en uniforme usé

---

1. Voir *Ramdam à Mahâbalipuram*.

attendaient près des consoles chargées de rafraîchissements, prêts à prévenir le moindre désir.

Kaustubh se précipita au-devant de son beau-frère.

— Bienvenue dans notre modeste refuge de Kala Ghoda.

C'était le nom du quartier encore appelé Cheval Noir d'après une statue équestre d'Edouard VII reléguée maintenant à l'entrée du zoo. Kaustubh les mena vers les portes-fenêtres donnant sur une terrasse au carrelage antique, encore brûlant malgré l'heure tardive. Au-delà, le jardin intérieur offrait une vue surprenante tant la végétation y était abondante bien qu'on fût en plein centre d'une grande ville. Opulentes bougainvillées jaunes et pourpres, magnifiques panaches des cannas, éventails écarlates des flamboyants. L'air était saturé du lourd parfum des daturas. Le parc de la bibliothèque David-Sassoon, dont le bâtiment du plus beau gothique vénitien jouxtait celui du club, prolongeait agréablement ce jardin par sa forêt de bambous, de grenadiers et de pamplemoussiers, où merles et corneilles s'étaient donné rendez-vous.

— Prenez vos jus de goyave avec vous. Je vais vous présenter quelques amis.

Kaustubh les entraîna vers une autre pièce qui ressemblait fort à un bar, avec ses lumières tamisées et son remugle de tabac froid. Ce n'était, *a priori*, pas un endroit pour des brahmanes, mais la curiosité de Doc l'emportait sur des considérations d'orthodoxie brahmanique.

Un peu bedonnant, les yeux étirés par la ruse, Kapil Basu faisait tinter les glaçons de son verre de whisky, tandis que son interlocuteur sirotait une boisson sirupeuse en l'écoutant. Sous une rangée de jolies bouteilles bleues et trapues de gin Bombay Sapphire, un barman aux cheveux calamistrés leur donnait du *Lala* à chaque occasion et frottait le comptoir à l'user pour mieux suivre leur conversation. Une fois les présentations faites, Basu s'écria non sans une certaine arrogance en regardant Doc dans les yeux :

— Du whisky Tilbury « pur grain », à deux cent cinquante roupies la bouteille et du rhum Santiago. Rien que des plantes. Qu'avez-vous à craindre, ô brahmanes végétariens ? De plus, les grains d'orge, comme la canne à sucre, sont purement indiens, et n'est-ce pas précisément avec de l'orge et du sucre que vous sacrifiez à vos dieux ?

Le rire était plein de malice mais les yeux plissés restaient durs et préoccupés. Tenant ostensiblement son verre d'eau minérale – de la Bailley –, Kaustubh raconta que son ami, le buveur de rhum, gérait une de ces entreprises exportant les cheveux enlevés chaque jour et chaque nuit à la tonne par les sept cents coiffeurs de Tirupati aux quelque dix mille pèlerins venus sacrifier là une mèche ou toute une chevelure à une représentation de Vishnu, qui en échange exaucerait un souhait.

— Une fois lavés et triés, les cheveux partent dans le monde entier. Les courts servent à fabriquer des acides aminés utilisés en pharmacologie et en cosmétologie. Cardés et teints, les longs font d'excellentes perruques.

Doc revoyait la tête de Kamalâ de retour de Tirupati lorsqu'elle portait une perruque à la place des beaux cheveux laissés là-bas pour la santé de son époux. Et comme son beau-frère n'ignorait pas sa désapprobation concernant ce trafic, il se demanda si Kaustubh n'exerçait pas là une petite taquinerie pour se venger du régime et des conseils hygiéniques.

Après cet intermède capillaire, Basu, qui savait que Doc et son ami avaient quasiment assisté au supplice de sa fille, se mit tout à coup à parler d'elle. Le plus frappant, c'était qu'il semblait à peine regretter celle qu'il qualifiait de « parfois agaçante à force d'aimer les blagues », et que sa haine pour les Dutt tenait plus de place que ses regrets. Doc eut l'impression qu'il montrait le même tempérament dédaigneux et peu aimable que la défunte. Mais peut-être était-il trop tôt pour l'affirmer. Ils avaient aussi en commun la façon de plisser les yeux et le regard en coulisse.

— Vous venez d'un Etat où culmine le lien entre politique et cinéma. Mais ne croyez pas qu'ici, à Bombay, ceux de Bollywood soient moins puissants. Ils se croient tout permis, y compris de liquider ceux qui les dérangent.

— Allons, ce n'est pas parce qu'un couple ne s'entend pas que l'un des deux va forcément tuer l'autre !

Kaustubh et le buveur de rhum avaient essayé

en vain d'orienter ailleurs la conversation, mais Basu ne lâchait pas prise facilement. Il sortit de sa poche un papier et le déplia en le tendant à la ronde. C'était, à ce qu'ils virent, une lettre de la victime à ses parents. « S'il m'arrivait un accident, ce ne serait pas un accident ! S'il m'arrivait pire, ce ne serait pas un suicide ! »

— Foi de *kshatriya*, foi de Bengali, foi de *kshatriya* bengali ! je ne les laisserai pas s'en tirer à si bon compte !

Orgueil et colère animaient le visage ingrat. Plus vindicatif que peiné, Kapil Basu accusait ouvertement les Dutt. Voilà qui ajoutait un peu de piment à l'affaire, et pour un amateur de piment comme Doc…

Chapitre 7

Medhâ Thiyam achevait de se doucher et ainsi prenait fin un de ses calvaires quotidiens. Le torticolis, elle le garderait tout au long de la journée mais ces picotements, ou plutôt cette sensation de piqûres d'aiguille, que lui occasionnait le ruissellement de l'eau sur sa peau, c'était fini pour aujourd'hui.

« Il va falloir que je consulte », murmura-t-elle avec une petite grimace involontaire. Une fois essuyée, elle passa un peignoir et vit dans le miroir un visage qui la regardait sans aménité. Un visage légèrement asymétrique, des paupières un peu tombantes sur des yeux de belle taille, des cheveux courts et épais, qu'elle se mit à brosser vigoureusement, ce qui n'était pas bon du tout pour son torticolis.

« C'est que j'ai autre chose à faire que de voir des médecins en ce moment. Cette histoire dans le Bombay Express, on exige que je la classe, mais il n'en est pas question. Bien sûr que ce n'est pas un accident. Ah ! oui, il faut que je pense à convoquer sans faute ces deux témoins. Comment s'appellent-ils déjà ? »

Avec une nouvelle grimace, elle avala le café soluble, tiède et insipide, en parcourant distraitement les titres des journaux du matin :

LE PÈRE DE LA VICTIME ACCUSE L'ÉPOUX INFIDÈLE

La morte du Bombay Express
Crime parfait ou satî ?

A peu près au même moment, c'étaient ces mêmes articles que Doc et Arjun étaient en train de commenter.

— Accident, crime, suicide, de toute façon c'est de violence qu'il s'agit. Chacun de nous, qu'on le veuille ou non, porte en soi ces pulsions de violence. Quelle mort affreuse, tout de même ! Pourquoi soupçonner un crime, c'est ce qui m'échappe, étant donné que les portes des compartiments ne peuvent être fermées que de l'intérieur, comme l'était celle de la victime, et qu'il a fallu la déverrouiller pour entrer...

— Il y a sans doute des détails que nous ignorons.

— Regarde ça... N'y vont-ils pas un peu fort en disant que, s'il s'agissait d'une *satî* véritable, des manifestations d'indignation populaires seraient à craindre, comme en 1987, lors de la dernière immolation d'une veuve ? Mais Priyankâ Dutt était loin d'être veuve !

Ils furent interrompus par l'arrivée de Kamalâ, qui leur apportait la liste des appels reçus pour eux en leur absence, ainsi que deux ou trois fantaisies qu'elle avait achetées la veille pour sa cadette, l'épouse de Doc. Si Vasantâ ne détestait pas acheter, chez sa sœur, Kamalâ, ce goût frisait le trouble psychologique. Doc put constater que, comme toujours, sa belle-sœur était émue aux larmes par sa propre générosité.

Mais ces larmes n'entamaient en rien l'humeur joyeuse dont Kamalâ faisait montre ces jours-ci. Elle avait consulté son astrologue et il lui avait confirmé que la pierre précieuse offerte récemment par son époux lui serait bénéfique et, plus réjouissant encore, que le régime entrepris par Kaustubh le guérirait de tous ses maux.

C'était une question de politesse, il ne pouvait plus différer cette visite. C'est la raison pour laquelle Doc se trouvait dans un taxi en route pour Modi, le quartier résidentiel où vivait la famille Dutt. Doc n'avait pu s'y rendre plus tôt, mais Bijal Dutt l'avait appelé à plusieurs reprises pour lui dire que sa mère n'allait pas très bien depuis le funeste voyage en train.

Si, comme on le dit, le vrai luxe c'est l'espace, alors les Dutt, avec leur appartement de cinq ou six cents mètres carrés, étaient vraiment gâtés. Il fallait être star de cinéma, ministre ou gangster pour habiter un appartement pareil.

La femme de chambre qui avait voyagé avec les Dutt vint ouvrir la porte. Elle reçut Doc comme un vieil habitué et l'introduisit dans un salon entièrement meublé en style Art Déco. Tous les signes extérieurs de la réussite y avaient été accumulés, puis habilement disséminés par le décorateur. A peine eut-il le temps de regarder les meubles droits en ébène ou en coquille d'œuf, les fauteuils carrés recouverts de velours léopard, les appliques en ivoire et acier. Déjà la femme de chambre revenait lui dire que la *Bâyî* le recevrait plutôt dans le petit salon. Elle le mena alors dans une pièce de proportions à peine plus modestes aménagée, celle-là, en boudoir et tapissée d'affiches et de photographies. Sur un fauteuil de daim rose buvard, dormait un énorme chat roux.

— C'est Milord, fit la femme en guise de présentation.

Elle ajouta quelques mots à l'oreille du chat, qui ne répondit rien mais entreprit aussitôt une toilette nonchalante, museau et dessus du crâne alternativement. Le bruit de sa langue râpeuse sur son épaisse fourrure cessa une seconde lorsque quelqu'un entra, puis reprit, avec frénésie cette fois.

Doc avait devant lui Tâmrâ Dutt, la grande star du passé. A nouveau, il la trouva digne de sa réputation, avec son maquillage, sa coiffure et ses manières légèrement hors du temps. Elle s'avança vers lui avec amabilité et majesté, lui tendit une main qu'il se garda bien d'effleurer, et transforma gracieusement le geste en invitation à s'asseoir en face d'elle. Aujourd'hui, c'était sans surprise qu'elle regardait le parapluie posé aux pieds du visiteur. Le court silence qui suivit ne fut meublé que par le bruit de succion produit par les glandes salivaires de Milord.

— Ah ! Doc, merci d'être venu. Vous savez, toute cette agitation n'est pas bonne pour ma tension, alors je voulais vous voir. Je me fais du souci pour Bijal aussi. Nous avons beau avoir partout de sérieux appuis, cette campagne de haine orchestrée par Kapil Basu produit un effet détestable. C'est le genre de publicité dont nous pouvons nous passer !

Doc promena son regard sur les portraits de la diva, les photos, les affiches et les vitrines remplies de costumes de film, d'oscars (plusieurs Lotus d'or et d'argent), de coupures de presse. Justement, Tâmrâ parlait de la presse.

— Dieu sait que j'ai eu bien des occasions d'être assiégée par les reporters et les journalistes au cours de ma carrière, mais cela ne m'a jamais été pénible comme aujourd'hui. Pour détruire une réputation, on n'a encore rien trouvé de mieux que des rumeurs colportées par les médias. C'est illégal, bien sûr, mais imparable.

— Mais qui aurait intérêt à répandre des rumeurs sur vous ?

L'incrédulité de Doc irrita l'actrice au point qu'elle éclata :

— C'est que nous sommes assez connus, figurez-vous ! Et même s'ils sont infiniment moins nombreux que nos admirateurs, nous avons aussi des ennemis. Les parents de Priyankâ ont juré notre perte et j'ai l'impression que Basu a réussi à mettre les policiers d'ici dans sa poche puisqu'une information judiciaire pour homicide volontaire vient d'être ouverte. Des suspects, après tout, il en existe d'autres que nous. Vous-même, Doc…

Mais sa colère était déjà retombée, tout comme ses soupçons fugitifs. Elle porta un fin mouchoir à ses tempes, en remettant en place une mèche qui n'avait pas bougé.

— Je ne sais plus où j'en suis, moi. Toute cette histoire ne vaut rien pour ma tension. Ah ! vous regardiez ces affiches, il me semble ? Là, c'est le grand Balgandharv. Ici, c'est Datta, le célèbre producteur que j'ai failli épouser (elle s'était apparemment contentée de son presque homonyme). Cette affiche, c'est celle du premier film de Kaul. C'est une rareté, vous savez ?

Elle se leva et prit un air nostalgique pour décrocher une photo de Sabu qui lui était tendrement dédicacée. Elle approcha de Doc le visage de ce fils de mahout devenu vedette de films exotiques aux Etats-Unis. Le portrait avait pour fond une scène du film *Elephant Boy*.

Un moteur se déclencha. Doc cherchait des yeux quel appareil pouvait bien produire ce bruit incongru dans un boudoir, lorsqu'il comprit que c'était Milord qui ronronnait de bien-être, lové dans son fauteuil de daim rose buvard. Tâmrâ sourit.

— Milord doit penser à son repas préféré, un bon petit *pomfret* bien sec, à la peau croustillante et à la chair fondante, voire gluante et faisandée.

Doc reconnut le nom d'une espèce de flétan translucide, aux dents acérées, aussi appelé *bombay duck* ou *bombîl* et que l'on mange de préférence boucané. Pour lui, Pomfret évoquait plutôt un lieu au Yorkshire où Richard III fait périr quelques indésirables et, assurément, il ne saurait jamais si la saveur de ce poisson méritait que l'on surmontât le dégoût qu'il lui inspirait.

Tâmrâ Dutt, qui semblait avoir oublié ses soucis autant que sa santé prétendument défaillante, avait entamé, à l'aide des souvenirs accumulés dans la pièce, un récit animé de sa carrière. C'était un film mythologique à grand spectacle de Vijay Bhatt, dans lequel elle n'était que figurante, qui l'avait lancée. Mariée ensuite au réalisateur d'un mélo délirant, *Cœur ardent,* tourné à la gloire de la jeune épousée et resté célèbre pour ses éléphants en folie et ses décors psychédéliques, elle n'avait plus quitté le générique des films à succès de Shyam Benegal, auquel elle avait inspiré, prétendait-elle, son film *Bhûmikâ* sur la vie mouvementée et tourmentée des stars de l'Orient.

Tout en racontant son histoire, elle désignait à Doc les affiches des films musicaux de Kumar Debaki Bose. Elle s'arrêta sur une grande photographie de Guru Dutt, dont elle avait épousé en troisièmes noces un des lointains parents, producteur. On la voyait avec le maître à une présentation de *Keragaz ke Phool,* son chef-d'œuvre.

Elle posa en soupirant sa belle main sur une affiche du film exotique *Mangala, fille des Indes*, qu'une inexplicable mésentente avec Khan Mehboob l'avait empêchée d'interpréter.

Comme par magie, lassitude et fatigue s'étaient envolées et elle aurait pu continuer à parler d'elle-même jusqu'à la nuit. Mais Doc était venu à l'appel de Bijal, inquiet pour la santé de sa mère.

— Si nous parlions de vos palpitations et de vos insomnies ?

Quand on lui avait présenté Doc comme médecin, il ne lui avait évidemment pas dit à quel point il était exceptionnel. Il n'avait pas parlé de la sûreté infaillible de son diagnostic, pas plus que de la particularité qui l'avait rendu si populaire : il ne présentait sa note d'honoraires que lorsque le patient était tout à fait tiré d'affaire et ne la présentait jamais dans le cas contraire, par bonheur peu fréquent.

Tâmrâ Dutt ne savait donc rien de tout cela, et pourtant elle avait d'emblée mis toute sa confiance en lui et ne voulait plus voir aucun autre médecin. D'un air redevenu las, elle se laissa faire quand il se saisit de son bras – le gauche chez les femmes – pour lui prendre les pouls. Tout juste un peu de nervosité, la malade ne se portait pas si mal.

Une fois Doc reparti, Tâmrâ se dirigea vers le bar, un magnifique meuble circulaire des années trente en acajou et marbre, surmonté d'un miroir à panneaux biseautés. Assise sur un tabouret assorti, elle se servit un petit verre de sherry et alluma une cigarette (on doit tout faire soi-même de nos jours). Elle contempla alors dans le miroir sa silhouette imposante, son visage large et sensuel, et les racines grises qu'on commençait à deviner dans sa coiffure. L'alcool la détendit un peu et ses traits s'alourdirent. Son fils n'aurait approuvé ni ce verre ni cette cigarette, mais elle avait besoin de réfléchir. Comment utiliser avec profit ce brahmane si malin ? Quel plaisir elle avait pris à lui raconter sa vie ! Ses vies même, puisqu'elle avait incarné tant de personnages mythologiques ou épiques ! Que ferait Bijal si Basu arrivait à ses fins ? Celui-ci bluffait-il ou détenait-il des preuves d'une quelconque participation des Dutt à la mort de sa fille ? Que devenait Raghunâth Kesri, leur secrétaire, on ne le voyait plus ?

Cette bru, pourtant choisie par commodité, n'avait décidément apporté que des ennuis.

Chapitre 8

Lorsqu'on l'avait appelé du commissariat pour lui dire que le Patron souhaitait lui parler et qu'il avait entendu une voix féminine, Doc n'avait pas manqué de s'étonner. Medhâ Thiyam l'avait convoqué pour le lendemain à neuf heures du matin. Elle avait quelques questions à lui poser sur l'accident du Bombay Express.

— C'est vous le... Patron ?
— Oui ! en tout cas, c'est comme ça qu'on s'obstine à m'appeler ici. Je suis à court de témoins, car beaucoup se sont volatilisés. De plus, l'affaire se complique.
— Ce ne serait donc pas un accident ?
— C'est-à-dire qu'il y a du nouveau... Mais, dites donc, c'est moi qui suis censée poser les questions. Je vous attends demain.

Le Patron avait déjà raccroché.

En racontant cette conversation à Kamalâ, Doc riait. Il vit qu'elle s'assombrissait avant de s'écrier :

— Tu prends tout comme un jeu ! Une pauvre femme est morte dans des souffrances atroces, et toi, tu ris !

Doc la rassura. Il riait tout simplement parce qu'il refusait de tout prendre au tragique, sans pour autant sous-estimer le malheur. Sa réponse calme et tranquille dérida sa belle-sœur. Elle le savait bien, Doc était le meilleur des hommes et ses plaisanteries cachaient un cœur d'or. En souriant, elle frôla le fil rouge qu'elle lui avait noué au poignet le soir de son arrivée.

Ainsi, tout doucement, ce fait divers se transformait en mystère policier. Si c'était un meurtre, on savait quand, où et comment il avait été commis. Mais qui avait agi et pourquoi – *kasya phalam, kasya priyam ? A qui le fruit, à qui le profit ?* – là gisait le mystère. Par jeu, Doc aimait bien rechercher la clef des mystères. Du coup, il se réjouissait presque de devoir aller au commissariat.

KEEP OUT OF GRASS ! Bien qu'on n'y vît pas le moindre brin d'herbe, il s'apprêtait à contourner la petite enceinte, mais il changea d'avis et la traversa en diagonale. Avant de pénétrer dans le bâtiment de police, il dut céder le passage à un aveugle, qui actionnait furieusement la sonnette de vélo fixée sur sa canne blanche. Doc serra son parapluie contre lui et entra, en faisant un signe de tête au sergent de garde.

Aussi chaleureuse qu'un iceberg, Madame la commissaire dévisageait le petit homme brun à la chevelure mouvante, qui lui arrivait à l'épaule. Elle lui avait posé des questions sur le voyage en train, mais aucune des réponses de ce… Doc ne l'avait satisfaite. Manifestement, ce brahmane ne savait rien ou faisait comme si. Quelque chose, cependant, lui disait qu'il pourrait lui être utile dans ce genre d'enquête, délicate en raison de la notoriété des Dutt. Utile, mais comment ? Elle allait le garder encore un peu et elle verrait bien. Cette décision entraîna une petite grimace.

De son côté, Doc croyait comprendre qu'elle ne trouvait plus rien de précis à lui demander, mais qu'elle devait avoir une raison quelconque de ne pas en finir tout de suite avec lui et, évidemment, cela piquait sa curiosité naturelle. Il décida de profiter de la situation.

— Puis-je savoir pourquoi vous pensez que ce n'est plus un accident, conclusion à laquelle s'était arrêté le commissaire d'Akalkot ?

— Vous oubliez que cette conclusion n'était pas celle du capitaine de la sécurité ferroviaire. Il se trouve que je suis du même avis que ce dernier. Et puisque vous mentionniez la porte fermée de l'intérieur, sachez que Bijal Dutt, le mari de la victime, a fait plusieurs fois ouvrir et refermer par un employé les portes de tous les compartiments du wagon qui leur était réservé. Il confirme les dires de l'employé et avoue même s'être trouvé en possession du passe à un moment donné. L'argument de la porte fermée ne tient donc plus. Il a très bien pu entrer chez sa femme, mettre le feu à son sari, brancher le ventilateur pour attiser les flammes, refermer au verrou, remettre le passe à l'endroit convenu et retourner se coucher. (Une nouvelle grimace accompagna la conclusion.)

— Vous y croyez vraiment ?

En se tiraillant l'oreille droite, Doc observait le visage asymétrique de Medhâ Thiyam. Lorsqu'elle s'animait ou s'énervait, l'asymétrie s'accentuait. La bouche se tordait involontairement et une paupière s'affaissait. *Facies partialis* ? Maladie neuro-musculaire ? Petite attaque de myasthénie ? Et si ce torticolis, qui lui enserrait le cou et les épaules, était, lui, dû au courant d'air provoqué par ces deux ventilateurs diaboliques ? Une voix péremptoire le tira de ses réflexions diagnostiques.

— On dit que, pour les brahmanes de l'« ancienne école », l'oreille droite est sacrée. Pourquoi la triturez-vous ainsi ?

— C'est peut-être que je ne suis pas de l'« ancienne école », qui sait ? On dit également que toucher son oreille droite purifie de toute souillure et aussi que c'est le signe d'un fort assentiment. Vous êtes libre d'interpréter ce geste à votre gré.

— J'ai lu, moi, que se toucher une oreille serait un signe de dissimulation. Vous devriez vous surveiller.

Alors que Doc était généralement apprécié de tous, et des femmes en particulier, celle-ci semblait éprouver pour lui une violente antipathie. Le fait était assez rare pour être souligné, mais cette pluie de piques l'amusait plutôt.

— Et si nous parlions de votre suspect, Bijal Dutt ? Il m'a paru assez inoffensif. Que lui reprochez-vous ?

Elle s'enflamma et eut du mal à se calmer. Ce qu'elle fit cependant en enlevant de son avant-bras un fil inexistant, puis de son front un cheveu absent. (Troubles circulatoires aigus ? se demanda l'attentif praticien.)

— Ces gens de cinéma se croient tout permis. (Il se souvint avoir entendu dire la même phrase à Basu.) Il y a assez de femmes maltraitées dans le pays pour que je pense à un assassinat par le feu. Vous connaissez le dicton : « La paraffine est bon marché. »

« Les allumettes aussi... » Bien sûr qu'il le connaissait. Pendant longtemps, cela avait surtout concerné les veuves, un poids pour la famille, que l'on aspergeait de paraffine et laissait mourir après y avoir mis le feu. Peu à peu, c'étaient les épouses dont on voulait se débarrasser pour contracter un nouveau mariage, et donc toucher une nouvelle dot, qui avaient eu droit à ce traitement. On expliquait ce phénomène par un désir de consommation de plus en plus frénétique. Les Dutt avaient-ils eu en vue un autre mariage, plus avantageux, pour Bijal ?

Tout en réfléchissant, Doc laissait Madame la commissaire égrener ses griefs contre une société si défavorable aux femmes. Elle pestait contre la sélection des fœtus favorisant les naissances mâles. Contre les mœurs brahmaniques qui privent les filles brahmanes du cordon, alors que souvent, après le mariage, un homme porte deux cordons, le sien et celui de son épouse, preuve qu'à l'origine les filles avaient droit à ce privilège, comme Gârgî, la jeune philosophe qui osait tenir tête au grand Yâjnavalkya.

Medhâ Thiyam n'en finissait pas. Elle critiquait la dot, puisque la nécessité absolue, bien qu'illégale depuis plus de cinquante ans, de doter les filles conduisait souvent à l'infanticide, et voilà qu'elle énumérait les manières d'éliminer les bébés de sexe féminin, dont celle appelée « faire boire du lait à une fille » : la mère applique de l'opium sur son sein pour que la fillette suce avec le lait la drogue qui l'endormira à jamais.

Elle parla des sept à huit mille assassinats ou suicides annuels de femmes, passa ensuite en revue les inégalités de toutes sortes dont elles sont victimes, car, disait-elle, les lois civiles de la Constitution contre la discrimination sont couramment remplacées par celles du « statut personnel », fondées sur la tradition religieuse.

Puis elle se lança dans une description de l'enfer que font vivre à leur bru la plupart des belles-mères.

Il était temps d'endiguer le flot, aussi Doc enchaîna-t-il :

— Oui, je sais. « Ne sois pas douce comme le sucre, elle t'écrasera, ni amère comme la feuille de margousier, elle te jettera, » ou bien : « Si c'est la belle-mère qui a cassé le pot, il était en terre, si c'est la belle-fille, il était en or. » Quant aux inégalités, parlons-en : les femmes qui nous ont gouvernés, telles la Rânî de Jhânsi ou Indîrâ Gândhî, n'ont-elles pas été assassinées, comme des hommes ? De quoi vous plaignez-vous ?

Au regard qu'elle lui lança, il comprit que la guerre entre eux venait d'être déclarée. Cependant elle reprit, comme si de rien n'était :

— Si les Dutt ont employé ce moyen pour liquider Priyankâ, c'est pour brouiller les pistes, puisque ce genre d'assassinat n'est guère pratiqué dans leur classe sociale. De toute façon, ils se pensent au-dessus de tout soupçon car ils jouissent de trop de protections pour être vraiment inquiétés, même si le meurtre était prouvé.

— Ce n'est pas ce que dit Tâmrâ Dutt, coupa Doc avec son plus beau sourire.

Totalement insensible à ce sourire, elle le regarda d'un air surpris.

— Vous l'avez donc revue ?

— Elle m'a appelé en consultation car, depuis ce voyage dramatique, elle souffre de palpitations.

— La culpabilité, peut-être ? Les remords ?

Elle n'en dit pas plus car elle venait tout juste de trouver à quoi ce Doc pouvait lui servir. En tant que médecin de l'actrice, ne ferait-il pas un excellent intermédiaire entre elle-même et les Dutt ?

— Et que dit Tâmrâ Dutt ? Allez-y, dites-le moi !

— Elle se plaint d'être harcelée par les médias et elle est persuadée que c'est une manœuvre pour détruire sa réputation et celle de son fils, car elle redoute les stigmates laissés par des rumeurs répandues en toute illégalité.

Les lèvres scellées, Medhâ Thiyam esquissa un sourire mauvais.

— C'est vrai, un article pernicieux ou une image malveillante peuvent faire un monstre d'un simple suspect et cette opinion va se graver dans l'esprit des gens. Tout soupçon peut ainsi se muer peu à peu en certitude.

— Je croyais que le devoir de la police était de protéger les citoyens de ce genre de dérive ? Surtout les gens respectables ou célèbres.

Elle ignora l'ironie et répondit avec une grimace.

— Oui, c'est un devoir. Mais le contraire aussi en est un. Ces citoyens-là sont déjà trop protégés, ce n'est pas mal de les chahuter un peu. Je n'exclus pas d'employer moi-même ce moyen contre vos amis les Dutt, ou en tout cas de laisser agir dans ce sens le père de la victime.

— Diable !

Madame la commissaire lui apparut soudain comme un personnage terriblement efficace et dangereux. En même temps, il était persuadé qu'elle se trompait.

— Si on prend la culpabilité des Dutt comme hypothèse de travail…

— Hypothèse ? Sachez que ce n'est pas une hypothèse mais une conviction. Et d'abord, de quoi vous mêlez-vous ? Vous vous prenez pour un détective ?

Elle s'était levée et il se leva aussitôt avec galanterie.

— Pas du tout, mais j'avais comme l'impression que vous alliez vous servir de moi pour…

Stupéfaite qu'il eût deviné ses intentions, elle rougit légèrement. Dans les yeux du petit homme, elle reconnut alors la supériorité mentale du brahmane. Puis elle choisit de l'oublier et dit d'un ton tranchant mais en détournant le regard :

— Nous sommes en république. Tout citoyen est en droit de mener une enquête. On ne peut se substituer à la police, mais enquêter n'est pas illégal, à condition de ne pas entraver l'enquête officielle et de ne pas dissimuler de preuves. Tout ce que vous pourriez glaner auprès des Dutt servirait la justice. Pour ma part, comme je suis allergique aux poils de chat, la simple vue du leur – un gros rouquin à poils longs – me donne des crises d'étouffement.

Elle omit d'ajouter que si elle ne tenait pas à les rencontrer elle-même à ce stade de l'enquête, c'était parce qu'elle était encore plus allergique aux Dutt qu'à leur chat.

Elle avait ouvert une porte et, en lui désignant une jeune femme à la coiffure ultra-moderne, en chemisette et pantalon, qui consultait un dossier dans la pièce voisine, elle dit à l'adresse de Doc :

— L'inspecteur Chowry vous aidera, si vous en avez besoin.

Au moment de prendre congé, il changea délibérément de sujet :

— Ce torticolis, si vous n'abusiez pas à ce point des ventilateurs, vous en seriez vite débarrassée, *Patron*.

Chapitre 9

Ce matin-là, son entraînement au *kalaripayatt* sur la plage avait duré plus longtemps que les autres jours. Il avait pratiqué une série de postures assouplissantes et tonifiantes en contrôlant soigneusement son souffle. Puis il avait manié le bâton – son parapluie – avec une adresse et une rapidité que n'aurait pas reniées son maître d'armes et qui avait époustouflé son public de gamins.

Aussi Doc se sentait-il à présent le corps dispos et l'esprit clair. Un seul petit problème : il risquait d'être en retard pour son rendez-vous chez les Dutt. Quand il dit au chauffeur de taxi qu'il était pressé, celui-ci démarra si vite que son passager fut projeté contre son siège et y demeura plaqué.

Il en fallait plus pour empêcher Doc de réfléchir. Il repensait à la commissaire Thiyam et à leur entretien à fleurets à peine mouchetés. A l'équipe essentiellement féminine du commissariat : l'inspecteur Chowry, avec sa coupe à la punk qui aurait défiguré n'importe quelle autre fille, et à l'accueil, Felicity, la bien-nommée, aux généreux appâts (une générosité qui confinait à une prodigalité excessive et n'était pas sans évoquer cette description du *Panchatantra* : « Des seins ronds comme les protubérances frontales d'un éléphant en rut »), et qui l'avait aimablement appelé Monsieur *Toc*.

La radio du taxi cracha soudain un message policier, puis un autre. A Doc qui s'étonnait, le chauffeur expliqua qu'il s'était bricolé des fréquences spéciales pour se distraire.

— Sans ça, je m'endors.

Evidemment, à la vitesse où il roulait, s'endormir aurait eu un effet désastreux. Même lorsqu'il daignait s'arrêter à un feu rouge, le mot RELAX, qui apparaissait alors sur le rond lumineux, ne le calmait pas pour autant.

Kasya phalam, kasya priyam ? A qui les avantages, à qui le profit de ce crime dans le train ? Doc se le demandait sans trouver de réponse. Son intérêt pour le mystère allait croissant. Mais plus pour le plaisir de le percer que pour celui de confondre un éventuel assassin.

Il essayait de cerner la personnalité de la victime. On n'en disait jamais de bien, mais avait-elle des ennemis qui la détestaient assez pour la tuer ? Arrogante, prétentieuse ? Peut-être. Mais avec du goût pour la plaisanterie et même les farces. Et si c'était quand même un suicide ? Dans ce cas, l'avait-elle fait parce qu'elle avait des ennuis ou était dépressive, ou bien avait-elle cherché à exercer un quelconque chantage ? Plusieurs exemples, lus dans les *shâstra,* de mort par revendication lui revenaient en mémoire. La compassion de Doc allait certes aux victimes et à leurs proches, mais sa curiosité penchait plutôt du côté des meurtriers. Cela tombait bien, il allait falloir en trouver un.

Sous le prétexte d'une visite de courtoisie, il avait donc décidé de ramener chez les Dutt le spectre de Priyankâ. On verrait bien la réaction des survivants.

Dès l'entrée, il entendit Milord qui, étalé sur le seuil de l'office, ronronnait de façon assourdissante, pendant qu'une petite servante peignait son manteau roux. Puis le chat se leva, s'étira et courut presque en direction de la cuisine. Il ne voulait peut-être pas risquer de se voir enlever son *bombîl* faisandé à point et qu'on le remplaçât par du saumon trop frais ou des crevettes du jour.

Comme toujours, les Dutt furent très aimables avec Doc. Il fut reçu cette fois dans la chambre de Tâmrâ et la trouva en déshabillé de satin parme, mollement allongée sur une ottomane. Sans maquillage, elle lui parut vraiment belle. Tout en s'entretenant avec elle de sa santé, il observait le lit immense et son ciel de fresques, ainsi que la superbe coiffeuse ornée de lotus égyptiens, et il ne se privait pas d'admirer les nombreux portraits de jeunesse de la star. Ici, Tâmrâ n'avait que des photos d'elle. Chez

Kamalâ, on ne voyait que des portraits de Kaustubh. Deux choix de vie différents.

Totalement décontracté, Bijal jouait avec bonne humeur le parfait fils à maman. Si ces deux-là étaient coupables, ils mimaient habilement l'innocence. Mais, après tout, c'était leur métier. Bijal posa le plateau qu'on leur apportait sur un tabouret fait dans une patte d'éléphant et raconta en souriant béatement que cela venait d'un maharajah qui avait assidûment courtisé Tâmrâ lors d'un tournage au Râjasthân. Bien glacé et joliment mousseux, le lait de coco était tentant, mais Doc se contenta de le regarder. Tâmrâ, elle, y aurait bien fait ajouter un doigt de gin, n'eût été la présence de ce cher brahmane, devenu depuis peu son médecin traitant.

De là où il était assis, le médecin traitant pouvait voir une baignoire en forme de conque marine et, à l'opposé, une salle de gymnastique avec un pèse-personne en nacre – « son premier achat avec son premier cachet » – ainsi qu'un cheval mécanique grandeur nature. C'était, commenta Bijal avec bonne grâce, l'accessoire qui avait permis à sa mère d'acquérir une assiette correcte à cheval pour les besoins des films d'aventures.

Il parla ensuite de ses projets de production et invita Doc à visiter les studios. Et, pour l'attirer plus sûrement, il lui annonça la venue à Bollywood d'un champion kéralais de *kalaripayatt*, appelé pour régler des cascades. Doc connaissait le personnage, ce qui le décida à accepter.

Au bout d'un moment, il leur laissa entendre qu'il participait officieusement à l'enquête sur la mort de Priyankâ et qu'il aimerait, à ce titre, jeter un coup d'œil sur la chambre de la jeune femme. Les Dutt n'eurent d'autre réaction que d'appeler la femme de chambre pour qu'elle l'y conduisît.

Ils cheminèrent un bon moment dans un labyrinthe de couloirs propre à égarer le plus malin des voleurs. Dans le dressing de Priyankâ, assez vaste pour loger une petite famille de cinq personnes, Doc se dirigea vers les casiers de bois de camphre contenant les saris de la défunte. Il s'agissait d'une véritable collection. En effet, les saris ne se démodent pas et on peut hériter de ceux de sa mère comme de ses aïeules. Ici, leur nombre était confondant et le rangement par couleur accroissait encore cet effet, comme si la pièce était traversée par un bel arc-en-ciel soyeux. Mousseline de soie ou de coton, soie sauvage, soies de Kânchîpuram, de Bénarès, de Bangalore, chaque provenance était indiquée. La mine fière de celle qui accompagnait Doc prouvait qu'elle n'était pas étrangère à ce bel ordonnancement. Il la félicita et la vit soudain froncer les sourcils devant un casier à moitié vide.

— Il manque quelque chose ?

Le ton était à dessein désinvolte.

— Il me semble, mais… (elle hésitait).

Ils avaient tous deux baissé le ton, comme impressionnés par l'idée que la mort avait peut-être rôdé par ici autour de Priyankâ, avant d'aller la frapper ailleurs…

— Dans les bagages, peut-être ?
— Non. J'ai vidé tous les sacs et tout rangé, car Madame Basu doit faire chercher les affaires de sa fille.

S'il manquait réellement des saris, Priyankâ, projetant un départ, en avait-elle emporté ou envoyé quelque part ? La femme de chambre l'ignorait. Ce qu'elle croyait fermement en revanche, c'était que ce maudit voyage n'aurait jamais dû avoir lieu un mercredi. Doc le lui avait déjà entendu dire et elle n'en démordait pas. Elle ajouta :

— On dit aussi : « Achète un sari le mardi et il prendra feu. »
— Ah bon ?
— A Madras, la veille du départ, dès que Madame a eu la confirmation qu'on rentrerait par le train à cause de la grève, et qu'elle a parlé d'acheter un sari, je l'ai mise en garde. Mais elle s'est entêtée. Elle a répliqué en riant : « J'ai besoin de quelque chose de confortable pour le train. Après, il sera pour toi. »
— Elle n'avait donc pas assez d'affaires avec elle ?
— Pas assez ? Des tonnes, comme toujours ! Mais je n'ai pas compris pourquoi elle choisissait de l'acétate et imprimé par-dessus le marché. Elle n'a jamais porté ni l'un ni l'autre.

En effet, on ne voyait rien d'approchant dans la « sarithèque » de Priyankâ.

En quittant la pièce, il remarqua les innombrables mules et sandales impeccablement alignées. Neuves ou à peine portées, elles lui parurent plus élégantes que la plupart des nu-pieds ordinaires, parfois le seul point faible de la mode indienne. Ils passèrent dans la chambre, où les assaillit un fort parfum de gardénia qui se superposa aussitôt pour Doc à celui de chair brûlée. De quoi être dégoûté du gardénia pour longtemps. Il s'approcha d'un petit bureau et resta à détailler quelques photographies de Priyankâ, qu'il trouva impitoyables pour elle. On y voyait tous ses défauts physiques, son arrogance criante, mais il crut y lire aussi les espoirs et les ambitions partis en fumée avec sa vie. A côté d'une pile de revues, *Filmfare* et *Stardust*, était ouvert un scénario intitulé MYSTIFICATION par PRIYANKÂ DUTT.

La porte de la chambre n'avait plus été ouverte depuis longtemps, Milord en profita pour entrer. Mais l'atmosphère dut lui déplaire car il fronça le nez et se mit à agiter la queue. Quelque chose n'allait pas, les chats ne s'y trompent pas.

— C'était son chat ?

— Pensez-vous ! Elle n'aimait pas les animaux !

— Qui aimait-elle ?

L'air embarrassé de la domestique était éloquent. Doc appréciait cette femme, assez simple pour dire qu'elle habitait à cinq roupies soixante-quinze de chez les Dutt (le prix du billet de train en seconde pour Vile Parle). Assez spontanée pour ne pas cacher ses sentiments.

— Madame Priyankâ n'était pas très heureuse ici. Il n'y avait pas de place pour elle entre *Bâyî* et *Lala*. *Bâyî* tombait toujours malade quand le jeune couple devait sortir sans elle et ça privait souvent Madame Priyankâ d'un voyage ou d'une fête.

Elle sentit qu'elle avait trop parlé, mais l'attitude volontairement occupée de Doc la rassura un peu. Celui-ci lui tournait le dos et, ayant ouvert un tiroir du bureau, il feuilletait distraitement un agenda. Il retourna ensuite sur ses pas et alla se planter devant le casier qui avait intrigué la femme de chambre. Il souleva délicatement les étoffes et aperçut là un petit Browning de fabrication pakistanaise. Un joujou, mais dangereux. Il le prit entre deux bouts de tissu, l'examina et le flaira : il était chargé mais n'avait apparemment jamais servi. Puis il le remit à sa place.

— Que cherchez-vous, au juste ?

Il ne le savait pas lui-même et ne trouva rien à répondre à Bijal. Mais celui-ci n'insista pas, comme si rien ne l'intéressait de ce qui concernait Priyankâ. Il venait seulement chercher Doc, parce que *Bâyî* s'ennuyait de lui.

Lorsqu'il laissa les Dutt, il leur demanda l'autorisation – qui lui fut accordée dans la plus grande indifférence – d'emporter l'agenda et quelques papiers trouvés chez Priyankâ. Une chose était sûre, le fantôme de Priyankâ n'avait dérangé personne ici, sauf Milord à cause de sa sensibilité féline exacerbée.

Alors qu'il partait, il crut entendre Tâmrâ murmurer à son fils, sans se soucier le moins du monde d'être entendue : « C'est bon de t'avoir à moi toute seule pour ton anniversaire, tu sais, mon chéri ? »

Chapitre 10

Lorsque, à partir de Bandra, vous prenez la voie NH 18 Western Express qui mène à Surat et Ahmedabad, si vous voulez aller à Bollywood, trente kilomètres plus loin, filez tout droit jusqu'à Andheri, dépassez Yogeshwari et, tout de suite après Goregaon, tournez à droite. En quelques minutes, vous n'aurez aucun mal à atteindre Film City, car c'est très bien indiqué.

Accompagné d'Arjun, Doc se rendait aux studios sur l'invitation de Bijal. C'était le chauffeur de Kaustubh qui les y conduisait. En partant, ils étaient tombés d'accord avec lui sur deux points : la circulation serait infernale mais cela irait puisqu'ils étaient très en avance ; le temps resterait relativement frais pour un mois d'août avec cette mousson qui s'attardait.

Arjun ne parla pas beaucoup durant le trajet. A la vue de quelques notes en écriture secrète (de la *brahmî*, peut-être ? Il s'y perdait), il avait deviné que son ami réfléchissait à l'énigme de la mort de Priyankâ Dutt. La querelle entre les Basu et les Dutt s'envenimait et, sur l'agenda de la défunte, Doc lui avait confié avoir trouvé des rendez-vous avec une personne désignée par les initiales R.K. Il y avait aussi des lettres un peu compromettantes signées d'un simple R. et apparemment laissées là à dessein.

Doc avait évidemment pensé à Raghunâth Kesri, le secrétaire, mais ces documents lui faisaient l'effet d'une mise en scène. Il se demandait de surcroît pourquoi les policiers n'avaient pas encore perquisitionné chez les Dutt, tout en sachant que c'était probablement parce que ceux-ci s'y opposaient tant que Bijal n'était pas mis en examen.

Ce que le jeune producteur Bijal Dutt préférait le matin, c'était fumer tranquillement plusieurs cigarettes de suite en regardant, de la fenêtre de son bureau, l'animation fiévreuse des studios. Ici, on dressait les décors d'un film de vampires en cours de tournage. Grimés l'un en roi, l'autre en vampire, les deux acteurs principaux de *Vikram et le fantôme* buvaient un café en discutant entre des tombes de carton pâte, le pied sur un cercueil ouvert. Là, des *girls* en survêtement et baskets s'exerçaient au déhanchement lascif du *nautch*. Elles se trémoussaient en cadence sous l'œil morne d'un chorégraphe blasé. Leur tenue sportive enlevait beaucoup à l'érotisme qu'on attend des bayadères ou des filles à matelots des bouges de Bombay ou de Goa mais, avec des chaînettes dorées partout et le nombril à l'air, cela irait mieux.

Lorsqu'on les fit monter jusqu'au bureau du producteur, ils trouvèrent Dutt serré de près par plusieurs starlettes ravissantes en costumes clinquants. Le fils à maman, finalement, n'était peut-être pas intéressé que par maman. Les silhouettes sinueuses des filles évoquaient plaisamment des sculptures de Khajurâo et respectaient à la lettre le principe de la « triple flexion », la règle d'or pour donner grâce et souplesse au corps sculpté. Elles riaient en renversant la tête en arrière, pour faire admirer leurs dents, puis faisaient mine d'essuyer leur rimmel, pour que l'on appréciât leurs grands yeux très fardés. Certaines se mirent à feuilleter paresseusement des piles de *Cineblitz* en s'humectant les lèvres comme elles l'avaient vu faire dans quelque série américaine. Les unes avaient l'air de nigaudes, deux ou trois vous émoustillaient littéralement. Bijal fit un simulacre de présentation et d'une tape dans ses mains les renvoya sur le plateau d'où elles s'étaient échappées.

Il proposa à ses invités une visite des studios et appela son secrétaire pour qu'il les accompagnât. C'était une occasion inespérée pour Doc de sonder un peu le beau jeune homme.

Le tournage de *Vikram* avait commencé et le sang coulait sur des grimages rendus plus effrayants par les éclairages verdâtres. « Beaux effets spéciaux, mais il est vrai qu'ils sont déjà tous dans les *Contes du vampire* », se dit Doc en s'arrêtant devant l'arbre *shimshapâ*, assez bien rendu, où vient sans cesse se rependre le fantôme chargé d'instruire le roi Trivikramasena. Somadeva, l'auteur supposé, n'aurait pu rêver décor plus adéquat. De même qu'il n'aurait désavoué tout à l'heure la scène du harem de Bijal, assez semblable à celle du monarque inconséquent qui préfère les chants enivrants de l'appartement des femmes aux voix des plaignants et les jalousies ajourées aux affaires du royaume, « elles aussi pleines de trous ».

En parcourant la quinzaine de plateaux en activité – c'est qu'il en faut de l'activité pour produire par an plus de trois cents films de plus de trois heures chacun, soit moins de la moitié de la production nationale ! –, la scène la plus étonnante à laquelle ils assistèrent fut un match de polo à dos d'éléphants venus tout droit de Delhi et dressés à ramasser eux-mêmes les maillets d'une trompe experte. En une heure, ils virent plus de déesses, de bergères accortes, de gangsters, de vamps et de bellâtres que dans toute une vie ordinaire. Ils visitèrent de fausses ruines, voyagèrent dans des villes imaginaires, pénétrèrent dans des appartements sans portes ni murs, somptueux ou sordides, et se rafraîchirent dans de faux jardins plantés de fleurs de tissu, parcourus de cascades artificielles, à l'ombre d'arbres de carton. Une tenace odeur de plâtre, de poudre et de poussière les poursuivit jusqu'à leur retour dans les bureaux. Ils y revinrent saturés de tous les ingrédients corsés autant que convenus dont sont faits les films *masala* à consommation interne : violence, action, danses et chansons, larmes, érotisme. Plus un soupçon de *dharma*. Une recette quasiment invariable puisqu'elle a fait ses preuves et comble les appétits des millions de spectateurs quotidiens !

De Raghunâth, Doc n'avait rien pu tirer, sauf que Priyankâ, qu'il qualifiait de bas-bleu, écrivait à ses heures, rêvait de devenir réalisatrice et ne cessait d'inventer des niches que beaucoup n'appréciaient pas. Ses relations avec elle ? Heu... rien, c'était la femme du patron. Doc avait remarqué que, dès qu'on parlait cinéma, il s'animait. Lui aussi avait ses ambitions. Pas plus que Bijal, il ne paraissait, en tout cas, affecté outre mesure par le drame vécu dans le Bombay Express.

La fille qui, cette fois-ci, lui tenait compagnie était un morceau de choix, comme auraient dit certains indélicats. « Des yeux semblables aux lotus bleus, un visage plein, une bouche en fleur, le corps plus doux que la racine du lis d'eau, elle ressemblait tout entière à un lac agité par la brise printanière. » Lorsque Bijal lui présenta Doc, elle coula vers celui-ci un regard à la fois prometteur et émerveillé. Toutes les femmes n'étaient donc pas aussi imperméables à son charme que la commissaire Thiyam, et cette Arundhatî (aussi brillante, pensa-t-il, que l'Arundhatî primale, devenue étoile au firmament pour échapper au harcèlement amoureux du dieu Agni) dépassait en beauté toutes les starlettes et vedettes que comptait Film City sur ses cent quarante hectares. Elle avait de plus un faux air de Tâmrâ jeune.

Ebloui par cet accueil, Doc n'avait pas encore remarqué le troisième personnage. C'était son ami kéralais, le champion de *kalaripayatt*. Ils tombèrent dans les bras l'un de l'autre et Doc lui demanda aussitôt, sans le nommer comme il se doit, des nouvelles de leur maître d'armes.

— Toujours égal à lui-même. Il se languit de toi et il espère que tu n'as pas délaissé l'art du bâton.

Avec son parapluie fermé, Doc lui fit une brève démonstration qui dut rassurer Sandip car il éclata de rire, tandis que Bijal arrondissait la bouche d'étonnement et qu'Arundhatî se pâmait.

— Et si je vous disais que, si on s'entretient avec lui de la science du combat, il est aussi stupéfiant en théorie qu'en pratique ?

Personne n'en douta.

— Ne l'écoutez pas ! Je ne m'entraîne plus assez.

Bijal s'était levé et il exigeait presque que Doc vînt aider son ami à régler les cascades.

— Sandip n'a pas besoin de moi pour cela ! C'est lui le vrai champion !

Les assauts de modestie terminés, il fut convenu qu'ensemble ils offriraient un jour prochain une démonstration à l'équipe du film sur les arts martiaux.

Chapitre 11

— Si cela vous plaît, n'hésitez pas à nous le faire savoir. Nous sommes prêts à chanter pour vous toute la nuit et plus encore, si tel est votre désir !

Un des jeunes Sabri, devenu soliste depuis la disparition de son oncle, Hadj Gulam Farid Sabri, l'aîné des Sabri Brothers, disait probablement cela par pure coquetterie car, dès le début du concert, le public n'avait rien fait d'autre que manifester son enthousiasme et exprimer son ardeur croissante. Abandonnés et fervents, les chanteurs de *qawwali* offraient généreusement à leurs auditeurs l'ivresse engendrée par l'expression passionnée de leur amour mystique, et l'auditorium de l'hôtel Oberoi était porté à l'incandescence depuis un bon moment déjà.

Telle une manne aussi miraculeuse qu'inépuisable, les billets tombaient en pluie aux pieds de ces égosillés en Dieu et tourbillonnaient autour d'eux. C'était la première fois que Doc et Arjun assistaient à un concert de musique pakistanaise et ils étaient reconnaissants au beau-frère

Kaustubh de les y avoir conviés. Car, de ce chant soufi dévotionnel, très rythmé, les Sabri sont parmi les représentants les plus remarquables et personne ne sait comme eux chauffer une salle. Dans la rue comme en concert, chacune de leurs apparitions provoque des émeutes tant leur simple contact est considéré comme une garantie de sanctification.

Doc avait deviné d'emblée le caractère sacré à plus d'un égard de cette soirée, qui promettait d'être un vibrant hommage au disparu. Car, même mort, il restait pour les siens comme pour le public le chanteur vedette.

Colosse moustachu aux cheveux rouges et aux yeux maquillés, il portait un curieux blazer à boutons dorés sur une chemise rutilante. Mais c'était sur l'immense photo projetée sur un écran placé derrière les artistes de chair et de sang. De sa voix enregistrée, d'une profondeur impressionnante, il lançait des ALLAH, pénétrants et vibrants, à donner au plus vil mécréant l'envie d'embrasser l'islam sur-le-champ.

La bouche aussi rouge que son frère avait les cheveux, Hadj Maqbool Ahmed, son cadet, bien vivant lui, chantait quelques tons plus haut et jouait de l'harmonium en faisant scintiller ses doigts boudinés couverts de bagues. Sans aucun effort mais avec une sorte d'intimité charnelle, il manipulait l'instrument, en frappait le clavier, en malaxait les flancs à soufflets, en titillait les anches. Il le malmenait, allant jusqu'à le torturer parfois, comme pour en épuiser le potentiel, en exprimer la moelle et la sève sonores, en extirper la quintessence et ne l'abandonner que vidé de toute substance. Devant lui s'étalait une abondante provision de *pân* pour la nuit.

Saqia Aur Pila...
Echanson, ressers-moi encore et toujours de ce vin de la Vérité.

Avec ce chant grisant, l'ambiance devenait brûlante et une tuerie fut de justesse évitée lorsque Maqbool, tout en chantant et en jouant d'une main, envoya son bonnet d'astrakan sur l'assistance, tandis que le neveu, sans cesser de chanter, se mettait à lancer dans le public celui du défunt, ainsi que des quantités de boutons, de mouchoirs et de babioles lui ayant appartenu. Aussi sérieux qu'eux semblaient joyeux, leurs six accompagnants reprenaient en chœur le refrain, le scandant de battements de mains sonores encore renforcés par les obsédantes percussions des cymbales et des crotales.

Puis il y eut un silence, d'autant plus inattendu que le bruit avait été excessif. La lumière diminua peu à peu. Seul subsistait un néon vert. La voix de basse résonna alors dans la pénombre :

Quand il n'y avait RIEN,
Il y avait déjà TOI et TOI SEUL,
C'est-à-dire TOUT.

C'est par la voix d'un mort, retentissants échos, que revivait ce soir celle de Jami, le poète soufi.

Doc écoutait les mots venus d'outre-tombe et contemplait le portrait avec une telle intensité qu'il lui sembla soudain le voir onduler doucement, agité par quelque souffle surnaturel. Les cheveux épars parurent flotter autour du visage exagérément pâle et Doc crut voir les yeux du spectre se border de rouge et de courtes flammes lécher le bas du portrait de feu Gulam Farid. Mais personne d'autre n'avait rien remarqué et il se demanda s'il n'avait pas rêvé.

> *Plus que la vie, l'amour*
> *Par brassées, l'amour*
> *L'amour*
> *Comme l'eau aspirée*
> *Comme l'air respiré*
> *L'amour*
> *Par Toi inspiré.*

Puis la lumière revint et avec elle les vivants. L'harmonium reprit exactement le rythme abandonné plus tôt. L'oncle et le neveu reprirent leur chant comme si de rien n'était, tandis que, privé d'éclairage, l'écran redevenait invisible. Livrés à leur inspiration, ils improviseraient ainsi jusqu'à l'aube sur l'amour divin et l'enivrement qu'il procure. Les roupies s'entassaient. Les deux chanteurs s'entraînaient mutuellement, se provoquaient, se défiaient, puis finissaient toujours par se rejoindre dans une fusion si absolue que l'auditoire en vibrait d'émotion. Intoxiqués, les autres chanteurs les suivaient comme sous hypnose. Une profonde gaieté, confinant parfois à la frénésie, émanait de ces louanges à Dieu exprimées avec toute la sensualité de l'urdu et portées par des musiques au rythme vertigineux. Ils n'étaient que huit sur scène et donnaient pourtant l'impression d'être au moins cent.

Des spectateurs entraient en transe, d'autres, extasiés, pleuraient ou criaient leur amour pour leur bien-aimée car, même au féminin, c'est toujours Dieu, et Lui seulement, que glorifient ces poèmes.

Allah hé Allah tan mein tar…
O Dieu, Toi qui as le pouvoir d'emprisonner une rivière dans une tasse, montre-nous la voie et donne la paix au monde.

Le lendemain, sous la douche, Doc essayait de se remettre des émotions musicales de la nuit. Fidèles à leur promesse, les Sabri avaient chanté jusqu'à l'épuisement des derniers spectateurs qui n'avaient consenti à partir qu'aux premières lueurs du jour. Sous le jet brûlant, Doc repensait à Bijal. Aurait-il supprimé ou fait supprimer Priyankâ pour être libre d'épouser Arundhatî à la ravageuse beauté ? Si Bijal avait actuellement, comme on le murmurait, des difficultés financières, avait-il vu quelque intérêt pécuniaire dans la mort de sa femme, selon les conditions d'un contrat ? Si Bijal était coupable, Raghunâth, son secrétaire, pouvait-il être son complice ? Si Raghunâth avait vraiment eu une liaison avec Priyankâ, était-il possible que, lassé d'elle, il l'eût lui-même assassinée ou que Bijal eût été assez jaloux pour la tuer ?

Un refrain endiablé des Sabri lui revint en mémoire et il se surprit à chanter à tue-tête « *Ya Allah ! Ya Rabbi !* », ce qui fit lever un sourcil à Arjun de l'autre côté de la cloison. Soudain, alors que Doc se rinçait en cadence, le fil rouge se rompit et quitta le poignet où Kamalâ l'avait attaché. Peut-être l'écheveau emmêlé de cette affaire allait-il bientôt ainsi se défaire. Pour le moment, cependant, chaque fil tiré ne faisait qu'embrouiller un peu plus la pelote de présomptions et de maigres preuves.

Quant à ce fil-ci, le mieux serait de le remplacer d'urgence, sans parler de l'incident à Kamalâ, qui, le jugeant de mauvais augure, en ferait sûrement une maladie. La pauvre femme avait déjà assez de soucis avec ce régime qui, prétendait-elle depuis peu, affaiblissait Kaustubh.

Pendant le petit déjeuner, Doc fit pour Arjun le point sur « son » enquête et lui décrivit l'équipe policière essentiellement féminine de Medhâ Thiyam. L'aspect de jeune garçon, dont elle avait les manières, de l'inspecteur Chowry. Les appâts impressionnants du sergent de l'accueil, celle qui l'appelait tantôt Monsieur *Toc,* tantôt Monsieur *Roc,* ou encore Monsieur *Foc*. Tout cela était bien divertissant mais l'enquête n'en avançait pas pour autant.

Différent des autres locaux vétustes de l'hôtel de police, le bureau de la commissaire Thiyam, avec son néon, ses carrelages impeccables et son mobilier métallique, rappelait un peu le bloc opératoire. Son occupante n'en était pas moins glaciale. Ce matin, un des coins de sa bouche tombait un peu du côté de la paupière affaissée. Crise de paralysie faciale ? En guise d'accueil, elle sursauta avant de s'écrier :

— J'ai l'impression d'avoir devant moi la parfaite réincarnation de Bhowdajî, ma parole !

Comprenant qu'elle faisait référence à un brahmane médecin de Goa, spécialiste de plantes médicinales et premier *sheriff* indien, Doc ne releva pas l'insolence. Il se contenta de regarder les manuels empilés sur le bureau bien rangé : Criminologie, Phrénologie, Physiognomonie, Morphopsychologie. La commissaire était décidément une sorte d'intellectuelle, mais ses lectures n'étaient pas sans danger et son expérience sur le terrain sûrement pas à la hauteur de ses connaissances livresques.

Pour échapper à de nouvelles moqueries, valait-il mieux qu'il évitât de se tirailler l'oreille en sa présence ? Non, elle penserait ce qu'elle voudrait ! La divination par les signes et les caractéristiques physiques, il était loin d'y accorder autant de crédit qu'elle. Comme il ne réagissait toujours pas, la commissaire décida de l'attaquer sur un autre flanc :

— Est-ce parce que c'est un emblème avéré de royauté ou de divinité que ce parapluie ne vous quitte jamais ? C'est assez ridicule, vous savez ?

Que faire contre cette agressivité ? Les dieux et les souverains aiment les parasols, c'est de notoriété publique et, pour les seconds, on le déplore car « l'ombrelle royale éloigne d'eux les rayons de la vérité autant que ceux du soleil ». Mais à eux, rois et dieux, l'ombrelle on la leur tient, alors que lui ne laissait personne toucher son parapluie pas plus qu'il ne l'ouvrait, et il ne s'en servait, fermé, que comme canne de combat. Il jugea inutile de chercher à se justifier.

— Merci, rien de tel que des gentillesses de bon matin pour vous mettre en train.

Pour une fois, le charme légendaire de Doc faisait bel et bien chou blanc ! Le ton neutre et poli ne désarma pas Madame la commissaire, qui poursuivit avec la même déplaisance :

— Depuis que j'ai consulté l'agenda et les lettres appartenant à la victime que vous avez apportés, la culpabilité des Dutt ne m'en apparaît qu'avec plus d'évidence.

— Ne trouvez-vous pas bizarre que, sur cet agenda, il n'y ait que les rendez-vous avec ce R.K. ?

— Je ne vois pas ce que vous voulez dire, mais je vais demander à Chowry d'aller les chercher.

En entendant la petite toux suraiguë qui suivit ces paroles, il pensa : « Toux compulsive aujourd'hui, aphonie demain », mais il se contenta de dire :

— J'y vais.

Il ressentait le besoin de prendre l'air, sinon il risquait de lui jeter à la tête son hystérie – éviter le mot à tout prix, éviter presque d'y penser – ou de lui conseiller d'ajouter à ses lectures celle de l'*Abhidharma,* un traité ancien, mais déjà fort pertinent, de psychosomatisation, qui ne ferait pas mal dans sa bibliothèque.

— L'inspecteur Chowry est en conférence, et pour vous confier ces documents, j'ai besoin d'être sûre que vous travaillez bien ici.

La jeune femme policier chargée des pièces à conviction détaillait la tenue civile de Doc.

— Puisque, bien que je sois en civil, vous avez deviné que je travaille ici, je l'avoue, mais personne d'autre ne doit s'en douter, d'accord ?

Rassurée, elle acquiesça silencieusement et lui remit le paquet contenant l'agenda. Brave fille ! Pendant qu'elle refermait le casier Dutt-Basu, il eut le temps d'apercevoir le briquet et l'étui en or offerts à Bijal par Priyankâ.

Pour regagner le bureau, Doc devait retraverser le hall d'entrée. Il constata que Felicity n'occupait pas son poste à la réception. Il allait s'engager dans le couloir, lorsqu'il la vit debout contre un mur. Du bout de son *lati* lascif, un jeune agent mâle qu'il n'avait jamais vu caressait voluptueusement les contours du volumineux corsage. Le *hum* discret que fit Doc pour passer mit fin à l'intermède érotique et, dans un

soupir, le sergent Felicity laissa échapper un
« Oh ! Monsieur *Hoc*... » qui mourut avec son
plaisir. Elle devinait cependant qu'elle pouvait
compter sur la discrétion de ce monsieur *Hoc*,
par ailleurs tout à fait à son goût.

Meurtre ? Suicide ? Suicide ou meurtre
déguisés en accident ? Accident passant à tort
pour un meurtre ou un suicide ? Suicide
maquillé en meurtre pour faire du tort à quelqu'un ?

Doc envisageait ces différentes possibilités,
tandis que la commissaire ne voulait s'en tenir
qu'au meurtre, ou même à l'assassinat, prémédité, perpétré par les Dutt. Un élément nouveau :
les Dutt insinuaient maintenant qu'ils n'étaient
plus tellement convaincus de l'innocence du
secrétaire.

Une nouvelle visite chez eux s'imposait,
d'autant plus que, décidément, cet agenda et ces
lettres l'intriguaient passablement. Il arrive
qu'en cherchant une chose, on en trouve deux, se
répétait-il en repensant à cette curieuse photographie dans le tiroir de la victime : un agrandissement des visages rapprochés de Priyankâ et
Raghunâth qui lui avait évoqué de façon fugace
ces photos savamment retouchées des régimes
totalitaires. Avant de mettre fin à leur entretien,
Medhâ Thiyam lui confirma :

— C'est précisément parce que mes supérieurs à la brigade criminelle sont persuadés que les Dutt sont coupables, et parce qu'ils veulent les protéger, qu'ils me somment de laisser tomber et de classer cela en accident. Mais moi, je préférerais perdre mon poste.

Son exaltation la rendait presque belle.

— C'est tout à votre honneur, mais si vous vous trompiez ? Vous seriez responsable de l'inculpation d'un innocent tandis qu'un coupable resterait en liberté.

Elle réprima l'envie de l'avaler tout cru et le mit en garde :

— Et vous, si vous essayez de disculper les Dutt coûte que coûte, je vous poursuivrai pour dissimulation de preuves, je vous…

Elle paraissait furieuse, mais se contrôla car elle reconnaissait que Doc n'était pas dépourvu d'astuce. Moins aveuglé qu'elle-même par de tenaces convictions, il risquait aussi d'y voir plus clair.

— Pour le moment, en tout cas, tout cela est « aussi invraisemblable qu'un rat rongeant du fer ou un faucon enlevant un éléphant ».

Elle aimait la littérature ? Eh bien ! il ne lui ferait pas grâce d'une citation.

— Au revoir, monsieur *Soc*. C'était la voix suave du sergent Felicity, de retour à son poste, qui saluait son départ.

Chapitre 12

Puisque les espions jouent souvent un rôle capital dans les *shâstra* – « les vaches voient par le nez ; les brahmanes, par le *Veda* ; les rois, par les espions ; les autres hommes, par les yeux » –, Doc avait imaginé d'employer Kaustubh, son beau-frère, comme espion auprès de Kapil Basu. C'est ainsi qu'il apprit que le père de Priyankâ, soupçonnant Bijal de vouloir faire un mariage d'intérêt, avait exigé un contrat destiné à protéger la fortune de sa fille. Cela n'avait pas été du goût du futur époux et les hostilités entre les deux familles avaient commencé là, dès avant le mariage. En effet, comme dit le proverbe, l'abeille déserte invariablement la fleur sans nectar et la grue, l'étang à sec.

Kaustubh raconta aussi à Doc que Basu régnait en maître sur son domaine du Bengale et même sur tout un village et une bonne partie de la région. A plusieurs reprises, pour acquérir des terres à bas prix ou nuire à un voisin ou un nouveau venu, le potentat n'avait pas hésité à recourir à l'épandage de produits toxiques sur les champs concernés. C'est de ce même village, d'ailleurs, qu'étaient originaires Raghunâth, le secrétaire des Dutt, et sa sœur. Un détail intéressant.

Aujourd'hui, Kaustubh Sen avait réuni quelques amis dans un bon restaurant pour leur présenter Doc et Arjun. Kapil Basu, qu'ils avaient déjà rencontré au club, se trouvait parmi eux.

Le choix du restaurant avait soulevé bien des difficultés (« impossible d'aller au Khyber, qui sert pourtant d'exquises cervelles frites, à l'Apûrva, spécialisé dans les fruits de mer, ou chez Trishna, célèbre pour ses langoustes ou son *pomfret tandoori*, il faut du végétarien pour ces brahmanes ; Samrat sert bien du "pure veg" mais n'est pas assez cher », et ainsi de suite), mais la décision d'aller au Purohit se révéla excellente.

C'est ainsi qu'une dizaine de joyeux lurons occupaient la table la mieux placée du meilleur restaurant *gujarati* de Bombay. Doc savait d'avance que Kaustubh allait faire des entorses à son régime mais, convaincu que ne pas lui accorder la moindre folie en serait une aussi, il laisserait le malade s'empiffrer tout son content. Il devait être las du *geeli kitchri* comme du *bhooni kitchri,* porridges et purées pour enfants ou vieillards.

Compte tenu de la qualité des mets, Kaustubh fut plutôt raisonnable et les somptueux *thali* emportèrent l'adhésion des plus carnassiers des convives. Depuis les légumes les plus rares délicatement accommodés jusqu'à certains desserts à la fadeur voulue et décalée, tout était remarquable. La conversation ne languissait pas : en goûtant aux *farshan* si raffinés, on s'attaqua aux querelles entre castes dans les villages du Bihar, suivies de représailles sans fin ; en se délectant des appétissants *roti* trempés dans le *khadi* de lentilles sucré-salé-pimenté, on aborda les cours de la Bourse et de la Wipro Corporation, dont la capitalisation avait doublé la veille ; en liquidant l'exquis *basundi* décoré de délicates feuilles d'argent, on s'attarda sur les difficultés d'Air India (il y a longtemps qu'on ne peut plus régler sa montre sur le passage de ses vols intérieurs, c'est bien regrettable) et sur les transports urbains (pourquoi ne pas remettre les boîtes à lettres dans les autobus ? et que pensez-vous des nouvelles conductrices, plutôt sexy, non ?)

Si Doc avait dû faire un petit reproche à ce repas élaboré et recherché, il aurait dit que ce n'était pas assez *hot*, mais il ne le dit pas et observa si bien Kapil Basu qu'une idée lui vint qu'il repoussa tout d'abord.

Au moment du café, Basu se rapprocha de lui et lui murmura, au grand étonnement de ceux qui l'entendirent :

— Je ne vous connais pas bien, mais j'éprouve pour vous une grande sympathie.

Doc put alors satisfaire sa curiosité en lui demandant pourquoi Priyankâ avait fait ses études à l'autre bout du pays – parce que les descendants de *kshatriya* fortunés en rêvent tous – et en lui posant quelques autres questions apparemment sans importance. Mais l'humeur charmante de Basu avait déjà tourné quand il lança à Doc comme s'il plaisantait :

— Quand arrêterez-vous de fourrer votre nez partout ? Quel est votre intérêt, à part d'éloigner de vous tout soupçon ? Après tout…

Ce n'était pas la première allusion à une possible culpabilité de Doc.

Quand ils quittèrent le restaurant, repus et d'humeur badine, ils avaient consommé pour plusieurs mois de salaire d'un *dhaba-wallah* et plusieurs années de celui d'un cireur de chaussures. C'était d'ailleurs le moment où les *dhaba-wallah,* rassemblés devant la gare de Churchgate, avaient déjà récupéré leurs *dhaba* vides, aux couvercles marqués de signes cabalistiques, pour les remettre à des confrères, comme eux vêtus de blanc et coiffés à la Nehru, qui les achemineraient en sens inverse. Cette institution admirable est probablement unique en son genre : près de deux cent mille gamelles métalliques sont chaque jour récoltées pleines le matin dans les maisons, livrées en ville aux travailleurs à l'heure du déjeuner et rapportées vides le soir dans les foyers. Malgré ces diverses manipulations, on assure que la Bombay Tiffin Box Suppliers Association ne reçoit pas plus d'une dizaine de plaintes par an. On dit aussi que, en plus du fricot, les gamelles renferment bien des messages en tout genre.

Pendant que les autres se faisaient confectionner des *pân* avant de se séparer, Doc s'en fut chercher des journaux.

— « Une souris affamée devient toxicomane... »

Inquiet dès qu'on parlait de famine, Kaustubh regarda son beau-frère.

— *Panchatantra*, Doc ?

— Mais non ! C'est juste un titre de journal !

Il lui tendit en riant l'hebdomadaire *Science* qu'il venait d'acheter.

Pour tenter d'en apprendre un peu plus sur Raghunâth Kesri, le secrétaire des Dutt, Doc résolut d'avoir un entretien avec sa sœur. Tâmrâ Dutt lui avait raconté que le jeune homme était toujours en quête d'un colifichet pour son aînée. « Un joli peigne, un miroir, une boîte à fards, il ne revient jamais sans un petit présent pour elle car il l'adore et elle le lui rend bien. C'est une fille extraordinaire. Dommage qu'elle soit ingénieur, sinon je l'aurais bien engagée à mon service. »

Amritâ Kesri sortait en effet de l'ordinaire. Une véritable liane avec un visage à l'ovale parfait, un teint doré, des yeux longs et expressifs, des cils fournis, une bouche finement ourlée, c'était une vraie beauté, et Doc se régalait du spectacle qu'elle offrait. Mais Amritâ n'était pas qu'une beauté, c'était aussi un jeune ingénieur en jeans, baskets, *kurta* – la chemise brodée constituait le seul emprunt à la mode indienne –, queue de cheval et porte-documents, appartenant à une catégorie de jeunes cadres travaillant dans l'informatique, avec le vent en poupe et un salaire enviable.

« Oui, elle verrait son frère ce soir. Non, elle n'avait rien remarqué de spécial ces temps-ci. Non, il ne lui avait jamais parlé de ses relations avec Priyankâ Dutt. Oui. Non. Oui. » Ses réponses laconiques et à peine hostiles n'exprimaient – Doc le voyait bien dans ses longs yeux – qu'un peu de méfiance passagère.

Il lui avait donné rendez-vous entre Fort et Colaba, à la terrasse du Sahakari Bhandar, un endroit convenable fréquenté par des familles faisant leurs achats dans le grand magasin à trois étages du même nom. Lorsqu'on lui apporta son *falooda,* elle se détendit un peu. On aurait même dit qu'elle se laissait gagner malgré elle par la séduction de son interlocuteur. Avec sa manière bien à lui d'écouter, son regard intense, son rire et ses cheveux mouvants, elle le trouvait captivant et n'avait aucun mal à le croire quand il affirmait vouloir aider Raghunâth.

Tandis qu'elle attaquait de bon cœur, à la paille et à la cuiller, son lait-grenadine rendu écœurant à souhait par une grande quantité de noix, de chantilly et de vermicelles en chocolat, elle confia à Doc que son frère et elle, orphelins de bonne heure, avaient quitté quelques années plus tôt leur village du Bengale. Elle lui confirma que sur ce même village et ses environs régnait la famille Basu. Kapil Basu avait, d'après elle, tout du tyran et si leur père était mort si jeune, c'était indirectement à Basu, véritable despote local, qu'il devait sa ruine et son suicide.

Parler lui faisait du bien et, maintenant qu'elle commençait à apprécier Doc, l'endroit où il l'avait conviée lui semblait vraiment agréable. Elle évoqua cette guerre des castes aux représailles interminables entre seigneurs et petites gens, qui les avait contraints à venir à Mumbai. Elle déclara détester les Basu et avoir tout fait pour empêcher son frère de fréquenter Priyankâ, mais Raghunâth tenait beaucoup à cette place chez les Dutt.

Doc l'écoutait en regardant le *pippal* centenaire aux feuilles en forme de cœur, dont les racines faisaient dangereusement onduler le trottoir et auquel on avait suspendu des cages pleines de mainates. En face, au cinéma Regal, fleuron de l'Art Déco, l'affiche du film *Kuch Kuch Hota Hai*, le plus grand succès actuel, voisinait avec celle de *Sholay*, un film culte resté des années à l'affiche dans Grant Road.

C'était de cinéma aussi que l'entretenait Amritâ, ou plutôt de la fascination de son frère pour cet art. Si Raghunâth nourrissait de grandes ambitions, il n'avait pas encore eu l'occasion de prouver son talent, disait-elle. La fille aux longs yeux rêvait aux succès futurs de son petit frère, il fallait la réveiller.

— En ce moment, il risque surtout d'être inquiété par la police, le saviez-vous ?

Les longs yeux se voilèrent. Devait-elle dire ce qu'elle savait à ce singulier brahmane ? Saurait-il tirer d'affaire l'imprudent Raghunâth ?

Il rentra à pied à Marine Drive, la tête pleine des révélations d'Amritâ et les yeux enchantés par la beauté de la jeune femme.

Il avait encore largement le temps d'ici au dîner pour une petite séance de *kalaripayatt* sur la plage. Avec son ami instructeur, ils avaient réglé en gros le combat qu'ils comptaient se livrer devant les cascadeurs de Film City. Ils étaient convenus de leur en donner pour leur argent sans toutefois dévoiler les bottes et coups secrets qui ne doivent jamais sortir du gymnase, car ils se transmettent seulement de maître à disciple : « Une bouche, deux oreilles. »

Depuis, Doc s'entraînait avec assiduité, perfectionnant ses bonds et gagnant chaque jour en énergie et en souplesse. Une souplesse entretenue par Arjun avec une huile de massage où avaient macéré herbes et poudres de lui seul connues. Pour renforcer ses muscles et augmenter sa résistance, Arjun faisait aussi prendre à son ami quelques cuillerées d'une potion magique qui sentait fort la cannelle.

Chapitre 13

La veille, jour de l'Indépendance, et fin « officiellement déclarée » de la mousson, il avait tellement plu que des traces d'inondation étaient encore visibles dans la plupart des rues.

Le jour suivant, malgré un ciel menaçant, Kaustubh proposa à Doc et Arjun de leur montrer la maison où il était né et où son père avait monté sa première fabrique de savonnettes. Ils cheminaient donc tous les trois dans des ruelles du sud de la ville, à Colaba, une des anciennes îles qui constituent Bombay. Kaustubh s'animait en marchant.

— C'est la dernière île à avoir été reliée aux six autres par Colaba Causeway et, ici même (il s'était arrêté au tout début de Wodehouse Road), il y a un peu plus de cent cinquante ans, c'était la mer. Quand mes ancêtres sont arrivés, ces bâtiments n'existaient pas pour la bonne raison que toute cette partie a été amendée depuis. Le sol, ici, ce n'est que du remblai.

Tandis qu'il accompagnait ses paroles de gestes larges, la voix de Kaustubh trahissait un orgueil de pionnier *mumbaikar*.

Plumes de paon, moulins de bambou, assortiments de poudres colorées, jouets et coffrets en papier mâché, les petits vendeurs à la sauvette poursuivaient les touristes, nombreux dans ce quartier. Ils marchèrent encore un peu et, après avoir dépassé Cuffe Parade, ils croisèrent dans la foule un peu plus clairsemée par ici des joggers revenant du bout de la péninsule. Ils atteignirent bientôt, près de Sassoon Dock, le quartier habité par des pêcheurs *koli*.

Dans une forte odeur de marée, femmes et hommes, presque tous vêtus de bleu et de rouge vif, écaillaient, découpaient, rinçaient, salaient les premiers *bombîl* de la saison. Noix de coco brisées et guirlandes défaites jonchaient le sol entre les filets et les vastes paniers doublés de pneu que flairait quelque chat consciencieux. Pour célébrer la fin de la mousson et la reprise de la pêche, les *Koli* avaient fait des offrandes à Varuna, Seigneur des eaux, des mystères et des mirages, et lui avaient présenté leurs bateaux fraîchement repeints.

— C'est donc ainsi qu'on prépare le fameux *bombay duck* !

A peine avait-il dit ces mots qu'une jeune harpie, le sari arrangé en pantalon bouffant remonté jusqu'aux genoux et portant un panier sur la tête, se mit à invectiver Doc, sous prétexte que celui-ci se trouvait sur sa trajectoire. Son argot devait être aussi salé que son poisson, mais beaucoup plus pourri, car il ne comprit pas tout. Il en conclut que la réputation que l'on prête à ces tout premiers habitants de Mumbai de ne pas s'en laisser conter n'était pas surfaite.

Les trois hommes quittèrent en riant les turbulents *Koli* et revinrent doucement vers Best Marg. Une fois à Metro Plaza, Kaustubh aperçut un ami qui attendait devant un salon de *mehindi* que sa femme eût fini de se faire tatouer pieds et mains au henné. Dans la foule d'étudiants qui se pressaient devant le cybercafé voisin, Doc crut reconnaître un personnage qui le regardait fixement. Il l'avait déjà vu quelque part, mais où ?

Arjun et lui laissèrent Kaustubh avec son ami, sous le prétexte qu'ils voulaient pousser jusqu'au phare. Ils s'enfoncèrent dans des ruelles animées et bavardèrent si bien que, sans s'en rendre compte, ils se retrouvèrent dans le quartier de la Marine. Devant l'église afghane, ils décidèrent de s'en retourner mais, sans savoir pourquoi, ils se remirent à sillonner les mêmes rues de plus en plus sombres et maintenant désertes. Parfois un chien aboyait sur leur passage ou un enfant, sorti en courant d'une maison, leur coupait brusquement le chemin.

L'atmosphère devenait inexplicablement hostile et ils se sentirent soulagés de tomber sur un marchand de *ganderi*, occupé à servir plusieurs clients. L'un d'eux, celui qui demanda un jus de canne sans citron, n'était autre que l'homme qui fixait Doc devant le cybercafé. Sans rien consommer, Doc et Arjun s'éloignèrent, en se concertant sur le plus court itinéraire de retour. Ils marchaient vite mais Doc se forçait parfois à ralentir. Que peut bien redouter celui qui n'a rien à se reprocher ?

Ils pressèrent cependant le pas lorsqu'ils furent convaincus qu'on les suivait. « Allons donc ! Tous ceux qui marchent derrière vous dans la rue ne vous suivent pas forcément ! » Il aurait très bien pu servir lui-même cette réplique à une nature inquiète mais, à ce moment précis, étaient-ils suivis ou pas ? Convenait-il de presser le pas ou de ralentir ?

Une ombre dépassa soudain les leurs et, une seconde plus tard, Arjun, fortement bousculé, manquait perdre l'équilibre.

— Mais je les connais, ces braves brahmanes ! Quelle bonne surprise !

— Croyez bien que nous l'apprécions également à sa juste valeur !

L'homme dominait Doc d'une bonne tête. Le regard haineux, il se pencha sur lui et, lui montrant le badge épinglé sur sa chemise, il se mit à vociférer.

— Bande de brahmanes hypocrites ! Vous vous cachez dans des coins obscurs pour vous empiffrer de viande malgré les interdits. Inutile d'essayer de nous la faire, tout le monde sait que vous êtes d'impénitents mangeurs de *curry rouge* !

Une haleine fétide de crocodile empesta l'air, démentant le slogan imprimé sur son badge : *Go veg – Meat is murder*. Les deux amis se reculèrent avec horreur et Doc serra plus fort son parapluie. L'amateur de charogne invoquait ce faux prétexte pour leur chercher noise. L'endroit devenait un peu trop dangereux au goût de Doc. Il avait beau avoir pour principe que, généralement, la peur fait plus de mal que ce que l'on craint, en ce moment le péril était bien réel. En ricanant, la brute se planta devant Arjun et prit la position réglementaire du boxeur : genoux et bras fléchis.

— J'ai bien envie de vous casser la figure pour vous apprendre à vous balader par ici !

— Ne vous y risquez pas, vous pourriez bien le regretter.

L'homme toisa Doc et parut incrédule. Celui-ci fléchit également les genoux mais il demeurait bras tendus, les deux mains sur son bâton-parapluie. Il ne regrettait pas de ne pas être armé car il se serait bien vu tirant sur celui qui menaçait ainsi Arjun. Il fallait agir puisque aucune explication ne paraissait envisageable avec pareil malotru. « Vas-y, toi qui prônes le bon usage de l'intelligence, qu'est-ce que tu attends pour utiliser la tienne ? » Il hésitait encore sur les moyens à employer.

Ce coup quasi mortel derrière l'oreille, s'en servirait-il ce soir ? Du *kalaripayatt*, il connaissait toutes les ficelles, et les diverses manières, défensives ou offensives, de porter le coup fatal n'avaient pas de secret pour lui. Mais il n'était pas venu à Bombay pour tuer. Il se remit instinctivement en garde car l'homme, qui s'était détourné d'Arjun, semblait prêt à se jeter sur lui en l'insultant de plus belle. De toute évidence, ce fou avait décidé de les réduire en bouillie. Pour y arriver, il se mit à pratiquer une assez bonne technique de cette boxe particulière à la région, entrecoupée de feintes : le coup apparemment destiné à atteindre l'adversaire sur la gauche atterrissait à droite et inversement. Mais, comme ce n'était pas systématique, ces coups étaient difficiles à parer. Ou plutôt, ils l'auraient été pour un adversaire ordinaire. Doc n'était nulle part, ni à droite, ni à gauche, ni au milieu. Ou alors il existait une multitude de Doc.

L'un de ces Doc cessa tout à coup de parer pour attaquer le pugiliste agressif. Un peu calmé, celui-ci encaissait bien et cherchait à reprendre son souffle avant d'attaquer à nouveau. Arjun avait bien pensé aller quérir de l'aide, mais il savait que Doc ne risquait rien et qu'il aurait désapprouvé pareille initiative. Il se contentait donc de regarder ce petit homme extraordinaire avec son non moins remarquable parapluie, et il souriait presque d'admiration. A cette distance de l'adversaire, le réflexe fait toute la différence, quel que soit le coup porté. Doc faisait bien de mettre cette assiduité à travailler sa vitesse.

Comme l'autre semblait vouloir attaquer à nouveau, les coups du brahmane redoublèrent. Ils devinrent si nombreux et imprévisibles que le fou se retrouvait sans cesse à découvert, incapable d'en parer plus d'un sur dix. Quand il changeait de garde, c'était à mauvais escient et il alla plusieurs fois au tapis. Un tapis fait d'immondices, d'eau croupie et de rats crevés. Il se relevait chaque fois plus péniblement, mais il se relevait encore. Un bruit de *vînâ* se fit entendre : ils comprirent que c'était lui qui claquait des dents.

Le coup final fut le plus cruel : apparemment léger, ce coup à la tempe produit une sorte de décharge électrique si puissante qu'on se sent comme électrocuté. On pourrait le comparer à ce genre de crochet porté horizontalement avec le bras replié qui entraîne le K.O. lors d'un combat de boxe.

— Ce sera tout pour la première leçon, murmura Arjun.

Ils virent alors l'homme tomber tout droit. Quant à ce dernier, en même temps que disparaissait de son champ visuel le petit homme noir, il vit le sol se soulever et se rapprocher de son visage à une vitesse fulgurante. C'est du moins ce qu'il ressentit au moment où sa tête alla heurter l'asphalte. Ensuite, il sombra dans des ténèbres lacérées d'éclairs rougeâtres, avant de chuter dans un abîme sans fond, cependant qu'une cloche de temple tintait à lui déchirer les tympans, tout en lui térébrant le crâne d'où sa cervelle liquéfiée lui sembla vouloir s'échapper avant d'aller se répandre partout.

— On peut dire que vous l'avez sérieusement assaisonné ! Mais puis-je vous demander pourquoi vous l'avez ensuite secouru ?

En voilà encore un qui ignorait les règles du *kalaripayatt*, destinées à l'origine à des médecins-combattants, et exigeant que l'on réparât les dégâts que l'on a causés. Ce passant éberlué avait assisté aux dernières minutes de la bagarre et il ne les oublierait pas de si tôt.

— Et vous, vous n'êtes pas blessé au moins ?
— Non, à part mon amour-propre... repartit Arjun, pince-sans-rire.

Lorsqu'ils leur racontèrent, sans donner tous les détails, leur aventure à Colaba, Kaustubh se montra très excité, cependant que Kamalâ se tordait les mains d'inquiétude rétrospective. Elle déplora leur imprudence de s'être risqués dans ces bas-fonds, mais loua l'efficacité du porte-bonheur qu'elle avait donné à son beau-frère, sans se douter que celui-ci avait dû remplacer le fil rouge brisé.

— Comme il nous restait encore à vivre, nous voici malgré les dangers encourus ! Tu le sais bien, pour peu que le destin le décide, même prudent on est en danger, même imprudent on ne risque rien, rétorqua négligemment son beau-frère.

Elle avait compris qu'il citait le *Panchatantra* et, prise d'une soudaine inspiration, elle répliqua :

— Mais l'autre jour, c'était bien aussi le *Panchatantra* que tu citais quand tu disais : « Le destin, c'est le mot des lâches ! »

— En effet, le *Panchatantra* dit les deux. N'oublie pas que, en tant que traité de politique, il dit tout et son contraire.

Doc avait beau plaisanter, cette filature et cette attaque lui donnaient à réfléchir : ou bien ce fou avait été pris d'une soudaine lubie, ou bien on lui voulait du mal. Pour quelle raison ? Pour s'être intéressé d'un peu trop près au mystère de la morte du Bombay Express, peut-être ?

Arjun fut content de se coucher. Son épuisement était tel qu'il aurait pu dormir debout, mais sa nervosité l'empêcha longtemps de s'endormir une fois allongé. Tout autre que Doc aurait eu du mal à trouver le sommeil, mais le sien fut excellent cette nuit-là. Il rêva même que la presqu'île de Colaba se détachait du reste de la ville et sombrait au plus profond de la mer d'Oman.

Chapitre 14

Comme elle aimait bien réfléchir couchée, Amritâ était encore au lit malgré l'heure avancée. Avait-elle eu raison de parler à Doc avec une telle franchise et un tel luxe de détails ? Raghunâth lui avait fait promettre de ne rien dire à personne et surtout pas à la police. Mais Doc n'était pas un policier et si elle s'était confiée à lui, c'était pour le bien de son frère. Du moins l'espérait-elle.

Sans les Basu – principalement Priyankâ et son père –, son association avec les Dutt n'aurait présenté que des avantages pour le jeune homme, qui voulait tant faire carrière dans le cinéma. Mais cette horrible Priyankâ n'avait rien trouvé de mieux que de s'amouracher de lui (ou de le prétendre, puisqu'elle n'aimait que se jouer des autres). Très vite, elle avait été obligée de constater d'une part que le garçon n'éprouvait aucun sentiment à son égard, sinon un peu de vanité d'avoir été remarqué par elle, d'autre part que Bijal, qui ne l'aimait pas non plus, ne prenait pas ombrage de son manège avec le secrétaire. Mortifiée, elle avait donc imaginé plusieurs stratagèmes pour provoquer son mari. Tout en faisant mine de vouloir lui cacher cette liaison, elle agissait exactement comme si elle cherchait à faire réagir Bijal. Elle-même l'avait épousé dans l'espoir de devenir réalisatrice, mais elle n'avait pas su trouver la moindre place entre les Dutt, mère et fils vivant dans une complicité et une intimité que rien ne pouvait entamer. Eux n'avaient misé que sur sa fortune pour renflouer la situation de Bijal et lorsque Kapil Basu avait déçu leurs espérances, ils s'étaient totalement désintéressés d'elle et avaient continué leur vie à deux, en tenant à peine compte de l'existence de Priyankâ.

Tout cela, Amritâ l'avait confié à Doc et si elle le savait, c'était parce que Raghunâth le lui avait raconté et aussi parce qu'elle avait bien connu Priyankâ quand elles étaient enfants.

Elle s'assit sur le lit et entreprit de se brosser les cheveux. Cette brosse, Raghunâth la lui avait offerte et elle y tenait. Elle commença pensivement à faire sa natte mais n'alla pas jusqu'au bout et, tout en jouant avec la mèche dénouée, elle s'allongea de nouveau. Elle avait bien fait, même si ce n'était pas très élégant, de photocopier les lettres de Priyankâ à son frère pour les confier à Doc, de même qu'elle avait eu raison de déconseiller à son frère de rendre ces lettres, comme l'avait exigé la jeune femme quelque temps avant sa mort.

Doc avait paru ne pas désapprouver la démarche mais il n'avait pas pu ne pas la trouver indélicate. Pourtant, elle ne regrettait rien car avec les Basu on ne se méfiait jamais assez. On ne photocopie pas des lettres d'amour, encore moins quand elles ne vous sont pas adressées, et on devrait sûrement rendre les lettres qu'on vous réclame. Peut-être, mais Amritâ n'avait aucune confiance en Priyankâ et elle avait toujours su que cette femme ferait le malheur de son frère.

Ce frère si beau (elle n'était pas la seule à le dire), si excessivement doué (« L'excès en tout est un défaut », avait commenté le drôle de brahmane, en ajoutant : « Voyez la branche trop chargée, elle finit par casser »). Doué, assurément mais faible et influençable, il fallait bien l'admettre. C'était ainsi qu'elle l'avait décrit à Doc tout en constatant qu'il s'était déjà fait par lui-même une idée de Raghunâth.

Ses yeux longs contemplaient le plafond, s'attardant sur un reflet ou sur une craquelure. Elle ferait mieux de mettre à profit ce congé de *Ganesha Chaturthi* pour régler quelques affaires toujours remises, ou simplement pour s'amuser. Elle se sentait paresseuse et surtout préoccupée. Avec Doc, elle avait l'impression de s'être mal comportée. En échange de ses confidences, elle lui avait demandé de protéger son frère. Avec une tranquille autorité, qu'elle ne se connaissait pas, elle l'en avait presque sommé : « Je compte sur vous, vous me le devez bien maintenant ! »

D'où lui était venue cette hardiesse ? De son amour et de son attachement de sœur aînée ? De sa culpabilité pour la faiblesse dont elle avait toujours fait preuve envers son cadet bien-aimé ? Le petit homme n'avait pas semblé choqué, mais elle n'avait aucunement le droit de le charger d'une telle responsabilité. Elle avait aussi omis de lui donner quelques détails gênants, ce qui était idiot si elle souhaitait vraiment son aide.

Agacée par sa propre conduite, elle se tourna sur l'oreiller, mais comment arriver à se rendormir ? Que feraient-ils pour *Chaturthi* ? Les fêtes se succédaient mais ils n'y prenaient plus aucun plaisir comme lors des premiers temps à Bombay. Cette année, par exemple, ils n'étaient même pas allés voir les défilés de *Gokulâshtamî*, rendus si attrayants par les acrobaties des gamins se faisant la courte échelle pour arriver à décrocher les pots remplis de friandises, suspendus aux balcons et façades en souvenir des facéties de l'enfant Krishna, chapardeur de petits pots de beurre.

Ils n'allaient plus nulle part ensemble. Raghunâth passait sa vie à Film City et rien d'autre ne l'intéressait vraiment. Ce pauvre inconscient ne voyait pas que l'étau se resserrait autour de lui et, comme toujours, il fuyait les situations embarrassantes. En effet, elle avait beau lui dire que les Dutt, qui l'avaient toujours protégé, finiraient par le lâcher, soit pour se disculper eux-mêmes, soit par conviction, en laissant entendre qu'il aurait pu vouloir se débarrasser d'une Priyankâ devenue trop encombrante, Raghunâth refusait de dire ce qu'il savait sur le drame mystérieux du train.

Si les Dutt l'avait protégé jusqu'ici, ce n'était pas le cas de Kapil Basu, cet ignoble tyran déjà responsable de la triste fin de leur père. Elle cessa de jouer avec sa natte défaite et serra les poings, ses longs yeux pleins de larmes. Elle savait Basu capable de tout pour venger la mort de sa fille, y compris d'entraîner Raghunâth dans la perte programmée des Dutt. Il détestait le jeune homme pour des raisons anciennes, voire ancestrales – vieilles querelles de village et héritage de haines familiales –, et, de surcroît, il l'associait maintenant aux Dutt qu'il rêvait d'anéantir.

Raghunâth était en danger mais rien ne pouvait le décider à avouer, pas même à elle, jusqu'à quel point il était impliqué dans l'accident mortel de Priyankâ. Si Doc ne réussissait pas à élucider l'affaire, elle devrait parler mais, malheureusement, elle était loin de tout savoir et puis on risquait de ne pas la croire.

Les préparatifs pour *Ganesha Chaturthi* avaient déjà commencé. On fête à cette occasion l'anniversaire du fils de Shiva et de Pârvatî, c'est pourquoi toute la ville est en liesse pendant une dizaine de jours, tant Ganesh est unanimement adoré. Kamalâ et Kaustubh disparaissaient des matinées entières pour collecter les fonds destinés à la construction des effigies géantes du dieu à tête d'éléphant. Celui qui confère sagesse et prospérité, aplanit les difficultés et renverse les obstacles, et auquel on doit bien rendre un peu de ses bienfaits. Rien n'est trop beau pour lui.

Kamalâ s'enfermait des heures dans sa cuisine d'où s'échappaient des odeurs délicieuses et variées. Les magasins regorgeaient de victuailles et de clients. L'ambiance festive devançait largement la date des réjouissances.

La veille du grand jour, vers le soir, Kamalâ demanda à Doc de l'accompagner pour faire quelques courses. Il accepta volontiers en pensant aux yeux de Vasantâ, brillants de convoitise quand elle avait appris qu'il partait pour Bombay, le plus grand marché de l'Inde.

Le chauffeur les déposa près de Crawford Market et, précédés d'un porteur loué à l'entrée, ils arpentèrent lentement les allées encombrées du marché, où Kipling se promenait tout-petit avec son *ayah*. Dans un grand brouhaha, ils passèrent au beau milieu des bottes de paille, cageots, cages pleines de volailles, bassins débordant de poissons, marchands perchés au sommet de leurs magnifiques étals de fruits et de légumes artistement empilés sous les centaines de lampes allumées.

Quand ils parvinrent dans la cour centrale, Kamalâ contourna la fontaine aux couleurs criardes, dont selon toute vraisemblance elle ignorait qu'elle avait été construite par Kipling père, et elle s'engagea dans l'allée des épices.

Elle marchait vite car elle avait son marchand attitré et ne choisissait les ingrédients de son *masala* que chez lui, qui procédait en personne au savant dosage secret, puis au délicat exercice de la mouture.

Les emplettes abondantes de Kamalâ nécessitèrent deux paniers supplémentaires et le pauvre porteur dut être heureux de les déposer enfin dans la voiture. Kamalâ congédia alors le chauffeur et entraîna Doc vers le quartier de Kalbadevi. En prenant Sheikh Memon Street, au nord de Crawford, on y accède tout de suite, si bien qu'ils se retrouvèrent vite dans Mangaldas Market, où Kamalâ se mit sans tarder à palper d'un air dédaigneux et à négocier avec âpreté cotonnades et soieries, tout en avalant force petits verres de thé noir. Doc n'avait jamais vu un choix pareil, mais il savait qu'à Cotton Green, à quelques encablures de là, la Bourse du coton, avec ses milliers d'échantillons et de flocons de référence, faisait encore la pluie et le beau temps sur les cours, presque comme à l'époque où Bombay régnait sur le marché du coton, des épices et de l'opium.

Après avoir dépassé la grande mosquée Jama Masjid, Kamalâ se dirigea d'un pas décidé vers Zaveri Bazaar, chez son bijoutier préféré. Cependant qu'elle prenait son temps pour choisir des boucles d'oreilles destinées à sa sœur, Doc, qui s'ennuyait un peu, sortit du magasin pour regarder, couchés près des charrettes, les grands zébus blancs qui broyaient pensivement des brins de paille arrachés au chargement, et suivre une partie entre deux joueurs de *carrom* installés sous un réverbère. Diaboliquement habile, l'un d'eux se penchait à peine sur le petit billard talqué et, d'une chiquenaude, il projetait les palets plats si vivement qu'il était difficile de suivre ses mouvements. Pas une fois il ne manqua d'envoyer le palet dans l'une des poches d'angle du *carrom*.

Kamalâ en avait enfin terminé avec les bijoux mais, n'ayant apparemment pas encore fait le plein d'achats, après s'être inclinée en passant devant le temple de Mumbadevi, elle obliqua vers le bazar des dinandiers et Bhuleshwar Market où, sans s'arrêter, elle accorda à peine un regard aux fruits. Plus loin, ce furent les fleurs et guirlandes qui retinrent son attention et elle passa ses commandes pour *Chaturthi*. Elle inspecta d'un œil rapide les poteries et articles de maroquincrie, et enfin les antiquités plus ou moins authentiques de Mutton Street. Doc espérait secrètement qu'elle ne voudrait pas visiter ce soir la totalité des bazars du quartier et qu'elle ne s'arrêterait pas en route devant chacun des sanctuaires.

Ruelles et boutiques étaient si brillamment éclairées qu'on y voyait mieux qu'en plein jour. Par endroits, on était littéralement assourdi par quelque refrain de Latâ Mangeshkar ou par les rythmes chauds du *bhangra*. Doc n'y était pas accoutumé, mais il reconnaissait sans peine que ces arrangements de musique panjâbî et de variété pop ou techno ne lui déplaisaient pas du tout.

Parvenus dans Dhabu Street, ils empruntèrent les allées de Bhendi Bazaar réservées aux lentilles, puis au bétel, puis aux chignons. Deux barbus, portant de lourds coffrets de colliers de minuscules perles rouges, discutaient arrêtés devant une vitrine de perruques qui semblait les hypnotiser. Apprécié par Doc, le spectacle échappa totalement à Kamalâ qui, en cuisinière émérite, regardait avec intérêt les manipulations expertes des vendeurs de *gulâb jamun, jalebi* et *rasgullah*, occupés à frire dans de vastes *karai* leurs boulettes et beignets avant de les asperger d'eau de rose et de les inonder de sirop.

Elle s'apprêtait à faire un commentaire moqueur quand Doc la poussa sans ménagement dans la ruelle voisine et l'entraîna à la course en l'encourageant à ne pas s'arrêter. Sur Mohammed Ali, il héla un taxi, fit basculer sa belle-sœur dans la voiture, lui murmura quelque chose à l'oreille et referma la portière en donnant un billet au chauffeur en même temps qu'il lui criait : « 36 Marine Drive ! »

Puis, toujours aussi vivement, il courut en sens inverse. On le sait, le héros d'un conte ou d'une épopée, qui peut toujours compter sur l'appui divin autant que sur sa propre habileté, réalise les prodiges et les tours de magie les plus fous, emploie toutes les ruses avec succès, travestit son apparence à son gré. Avec la même aisance, il saute sur un éléphant en furie, chevauche les nues ou creuse un souterrain d'un simple claquement de doigts. Ainsi, Doc était trop imprégné de *shâstra* pour se laisser arrêter par un quelconque obstacle. Il déboucha à l'angle de Dharangi Street, à temps pour constater que celui qui avait déclenché chez lui cette réaction inattendue était encore là. L'individu se retourna à ce moment-là et, dès qu'il reconnut l'homme au parapluie, il se mit à courir en direction du quartier des Teinturiers, à travers les glauques venelles de Byculla, puis par Maulana Azad Road, en longeant le quartier chaud de Kamathipura dont on apercevait de loin les lumières rouges. Tandis qu'il se lançait à sa poursuite, Doc esquissa un sourire car rien ne pouvait mieux l'arranger. C'était même tout à fait inespéré.

Cette filature ouverte le mena donc tout droit ou presque jusqu'à la barrière métallique entourant les centaines de cuves de teinture. Bien que la fréquentation de cet endroit, autant que celle des abattoirs, boucheries, tanneries et cimetières, ne fût pas recommandée à ceux de son espèce, l'intrépide brahmane franchit d'un bond la séparation et atterrit dans une allée étroite à peine éclairée et bordée de cuves de ciment, dont certaines fumaient encore et dont l'odeur piquante lui chatouilla les narines. Dans la pénombre, on ne distinguait pas les couleurs et toutes les cuves paraissaient ne contenir que du noir brillant, mais Doc n'en pensa pas moins à Chandarava, le chacal de la fable proclamé roi, en raison de son étrange couleur, après être tombé dans une cuve d'indigo, puis mis en pièces à la découverte de la supercherie.

Si l'homme, qui avait choisi cette direction parce qu'on avait dû le persuader qu'un brahmane ne s'y aventurerait jamais, tombait dans l'une des cuves, peu importait qu'elle fût de couleur carmin, pourpre ou indigo, les policiers, prévenus par Kamalâ, ne le cueilleraient qu'avec plus de certitude. Comme on dit, le mortier, le fou, la femme, l'indigo et l'ivrogne ont la même ténacité.

Certains teinturiers devaient habiter sur place, aussi croisa-t-il plusieurs hommes en *dhoti*, aux mains et aux pieds bleus, qui avaient tenté en vain d'arrêter le fuyard dans sa course.

Doc sortit alors de sa poche un sifflet. Trois coups longs et stridents déchirèrent l'air saturé de vapeur et d'âcres odeurs, suivis d'une multitude de coups brefs et précipités. C'est alors qu'on entendit – on ne pourrait reprocher à personne de ne pas le croire – un énorme plouf, des jurons et des cris.

Sur le chemin de son retour tardif, Doc rencontra pas mal d'autres promeneurs nocturnes, pas mal de gros rats aussi, et il dut enjamber un bon nombre de dormeurs. Apparemment, la population de Bombay avait beaucoup augmenté depuis son dernier séjour. Pas seulement celle des humains : les rats avaient également prospéré. Trois rats pour un homme, avait-il lu quelque part. Avec cette affolante statistique, il n'était pas question de laisser un jeune enfant dormir dehors sans protection, au risque de ne pas retrouver grand-chose au petit matin ou de voir le bébé atteint de la « fièvre de sept jours ». Il se retint à temps pour ne pas souiller le bout de son parapluie en retournant le cadavre d'un de ces énormes rongeurs, tout grouillant de vers. Il se demanda si ce ne serait pas un de ces robustes rats-bandicoots pouvant peser jusqu'à trois livres, qui creusent sous les rizières et les digues des galeries qu'ils rebouchent avec ingéniosité pour en faire des greniers. En temps de famine, les hommes, bien qu'ils redoutent les maladies qu'ils propagent, fouillent pourtant ces galeries pour voler les réserves de grains ou même pour se nourrir de leurs occupants.

Au terme de cette soirée mouvementée dans la zone infernale, à suffoquer de chaleur et à respirer un air vicié, il atteignit enfin sans déplaisir la zone paradisiaque, où l'accueillit la légère brise marine à l'odeur d'iode très subtilement mêlée d'urine.

Chapitre 15

La fête de *Gokulâshtamî* à peine passée, voilà que déjà c'était *Ganesha Chaturthi*. Depuis plusieurs heures, Doc essayait sans succès de joindre le Patron ainsi que les Dutt. Il brûlait de savoir ce qu'avait bien pu avouer le gars teint en indigo qu'il avait poursuivi entre les cuves de teinture et que les flics n'avaient eu aucun mal à cueillir. Il souhaitait aussi obtenir un mandat de perquisition chez les Dutt, aussi bien que chez les parents de Priyankâ.

En effet, ses conversations avec Amritâ Kesri, la sœur du secrétaire, et plus encore la bagarre à Colaba l'avaient persuadé que l'agenda et les lettres trouvés chez Priyankâ étaient des faux et que quelqu'un – le père Basu ? Raghunâth ? Amritâ ? les Dutt ? – entravait délibérément l'enquête. Quelqu'un qui créait à volonté de fausses pistes pour brouiller celles qui existaient déjà.

Pour sa part, Doc avait décidé de ne plus s'opposer à l'arrestation de Bijal Dutt et il comptait bien obliger Raghunâth Kesri à cesser ses mystères. La commissaire Thiyam ne partageait pas son opinion concernant le secrétaire. Avec un regard réfrigérant, elle avait encore une fois soutenu qu'il n'était jamais totalement vain de soupçonner la famille d'une victime car, après tout, on sait que plus d'un tiers des crimes sont « familiaux ». Les haines familiales finissent souvent dans le sang, en tout cas elles ne pardonnent pas. Une petite toux sèche avait souligné ces propos peu rassurants.

Il avait alors songé sans satisfaction particulière que lui-même, par le passé, avait soupçonné plusieurs personnes à cause d'une incontrôlable antipathie pour elles[1]. Il pensait en tout cas que les convictions personnelles de Medhâ Thiyam faussaient son jugement, comme le faisait son aversion pour les hommes enclins à supprimer leur femme dans des conditions proches de celles de la mort de Priyankâ Dutt.

Comme chaque fois, fausse observation, inférences, souvenirs, imagination, ego constituaient pêle-mêle autant d'obstacles à la compréhension claire. En ce qui concernait la commissaire, d'une part ses idées féministes un peu outrées la poussaient à reconstituer, à partir de ce sari en feu, le schéma habituel d'un crime familial ordinaire, sans vouloir admettre que chez cette femme gâtée de la haute société la matière même du sari – de l'acétate – représentait en soi un mystère, une piste, un sujet de réflexion. D'autre

---

1. Voir *Nuit blanche à Madras*.

part, le simple fait d'être puissamment influencée par sa hiérarchie pour laisser les Dutt en paix l'incitait à la démarche opposée, tant elle revendiquait son indépendance avec courage.

En ce qui le concernait, les obstacles à une compréhension claire n'étaient peut-être pas les mêmes mais ils n'en existaient pas moins.

Pendant que Doc se faisait ces réflexions, aidée de plusieurs autres femmes, Kamalâ cuisinait sans relâche, confectionnant *sundal* et *ladu* en quantité impressionnante. Comme si elle se rattrapait en quelque sorte en gâtant le dieu gourmand qui, bien que très rondouillard, n'était pas, lui, astreint au même régime que son pauvre époux. Pois chiches froids et boules sucrées-beurrées constituent l'offrande préférée de Ganesh, il convenait donc d'en disposer à profusion, pendant toute la durée de la fête, dans les centaines de sanctuaires éphémères érigés un peu partout dans les rues. On n'empêcherait ni les corneilles ni les enfants de prélever un *ladu* par-ci par-là, aussi fallait-il en prévoir largement.

Pour les multiples effigies, en glaise ou en plâtre, de la divinité, on avait aussi dépensé sans compter des sommes astronomiques. Celle qui était visible à Gateway of India mesurait plus de dix mètres de haut et devait peser des tonnes. Certains dévots étaient allés jusqu'à glisser des anneaux dorés autour de la trompe du dieu éléphant. Une trompe dont chacun vérifiait automatiquement la direction avant de déposer son offrande. Si par le plus grand des hasards on la trouvait inclinée vers sa main droite, ce serait l'image d'un dieu capricieux, ombrageux, trop pointilleux sur la nature des offrandes et la pureté de l'adorateur. Heureusement, un tel phénomène est plus que rare.

Inclinée comme il se doit vers la main gauche, c'est la bonne trompe, celle qui témoigne d'une bonne humeur permanente. Ce dieu-là montrera d'excellentes dispositions envers le plus impur et le plus intouchable de ses dévots. Cette trompe-là, généreuse et miséricordieuse, est capable d'élever un élu jusqu'au paradis de Shiva, comme elle le fit un jour pour Avvai la pieuse. Voilà pour la trompe. Mais quand Ganesh n'a qu'une seule défense, c'est parce qu'il employa l'autre à écrire une épopée grandiose dictée par quelque sage abîmé dans l'extase créatrice.

On s'en doute, le nombre des festivités et leur importance culminent le dernier jour, celui du défilé à travers la ville des statues de Ganesh, entourées de danseurs, de chanteurs, de funambules, de cymbaliers et de tambourineurs.

Pour clore la parade, vient enfin l'« adoration royale », avec parasol, chasse-mouches, offrandes d'encens, de riz et d'herbe *dharba* (vingt et un brins pour chacun des vingt et un noms de Ganesh). Chaque cortège redouble de soins pour sa statue et la régale sans trêve de bananes écrasées, de cristaux de sucre brut, de dattes, de miel et de *ghee*, les cinq nectars d'immortalité, tout en la conduisant vers les étangs des grands parcs ou vers les plages de Juhu, Chowpatty, Worli ou encore Mahim.

Comme leur appartement dominait la baie, Kaustubh et Kamalâ recevaient chez eux quelques amis. Installés sur la terrasse et les balcons, les invités pouvaient jouir confortablement de l'incroyable spectacle tout en échappant à la bousculade. En attendant le dîner, Kamalâ leur avait préparé un buffet composé de mets de circonstance : uniquement ceux que l'on offre à Ganesh. *Ladu* et *sundal*, bien sûr, mais aussi riz brun à la cassonade et à la pulpe de mangue, et *unni appam*, un gâteau de riz spongieux au beurre, aux bananes et à la noix de coco, dont Ganesh fait facilement des orgies, jusqu'à s'étouffer ou, pire, jusqu'à manquer mourir d'indigestion.

A ces gâteries un rien pesantes, elle avait cependant ajouté, pour ceux qui comme Kaustubh devaient surveiller leur ligne, du babeurre épicé, mousseux et glacé, et un gâteau aux carottes râpées. Si les carottes du *gajar-halwa* étaient, comme elle le prétendait, tout à fait indiquées pour un régime, le lait sucré dans lesquelles on les fait caraméliser et le fromage fondu sous lequel on les noie l'étaient sans doute un peu moins. Mais Doc se garda de gâcher l'ambiance par une réflexion déplacée. Lui et Arjun s'accordèrent pour déclarer que de leur vie ils n'avaient rien goûté de meilleur.

En regardant la foule qui sans cesse envahissait Chowpatty Beach, Doc se sentait soulagé de ne la voir que de loin. Et puisque les Indiens sont au moins un milliard, il était content de ne pas être au milieu des 999 999 999 autres, ce qui lui était parfois pénible, sans même que l'impression persistante de solitude absolue inhérente à la condition humaine en fût le moins du monde atténuée. Heureusement que la poursuite de l'autre soir n'avait pas eu lieu dans pareille cohue !

Sur la terrasse, Kaustubh avait disposé des longues-vues et distribué des jumelles, et ses hôtes se distrayaient à observer le flot humain qui parfois s'écartait pour se refermer aussitôt, après avoir livré passage aux Ganesh les plus volumineux, débarqués au moyen de grues et posés sur des rails. Suivant la direction du vent, on entendait hurler les vendeurs de casquettes, d'ombrelles, de statuettes et de glaces au Coca-Cola.

Perchés sur de hautes échasses, des acrobates se contorsionnaient sans attirer l'admiration, ni même l'attention qu'ils méritaient. Depuis la grande roue, actionnée par des grimpeurs qui, une fois en haut, pesaient de tout leur poids pour la faire basculer, leur parvenaient des rires et surtout des cris de frayeur. Même à la jumelle, les charrettes de *bhelpuri* attiraient le regard, tant ces nouilles sèches et croustillantes, servies sur des carrés de papier journal et accompagnées de riz soufflé, de pommes de terre au piment et de beignets de pois, paraissaient appétissantes. Aussi tentantes que celles que l'on sert à la cantine de Churchgate.

On distinguait assez nettement aussi les

expressions douloureuses ou voluptueuses de ceux qui se livraient aux mains des *malish-wallah* pour se faire masser le cuir chevelu, le dos, les pieds. Doc commentait les banderoles déployées par des écologistes pour tenter de convaincre les dévots d'utiliser, pour les effigies, du papier recyclé et des couleurs végétales. On reprochait parfois à ces militants de préférer la nature à Ganesh. Doc lui-même n'était pas le plus fervent de ses dévots. Le dieu-éléphant allait-il tout de même condescendre à aplanir pour lui quelques-uns des obstacles restants en forçant, par exemple, Raghunâth Kesri à se dévoiler un peu ?

Lorsque, juste au moment du lever de la lune, l'heure fut venue d'immerger tous les Ganesh dans la mer, une immense clameur s'éleva jusqu'à eux. Seuls les plus hardis ou les moins superstitieux restèrent sur la terrasse. Kamalâ et quelques invités, dont ceux qui avaient stoïquement jeûné toute la journée, s'empressèrent de rentrer pour éviter d'apercevoir la lune, même par mégarde. On prétend que cette vision, néfaste ce jour-là, réserverait aux imprudents un lot à venir d'accusations fallacieuses. On dit aussi que le seul moyen d'y échapper serait d'offenser sciemment des voisins ou des amis pour s'attirer en retour les inévitables insultes qui briseraient la malédiction.

« Ganesh, petit père, ne manque surtout pas de nous revenir l'an prochain ! »

Chapitre 16

Le café Naaz, au nord de Malabar Hill, jouxte un très beau parc et surtout les fameux Jardins suspendus. C'est la raison pour laquelle on aime tant y aller. Au troisième étage, sa terrasse à degrés domine Back Bay et de là-haut l'œil embrasse Chowpatty Beach et Marine Drive d'un bout à l'autre. De l'autre côté du promontoire, c'est la mer d'Oman. Une vue à vous couper le souffle !

Si l'on pense que cette colline a manqué être arasée pour remblayer les parties de la ville gagnées sur la mer, on ne peut que se réjouir que le projet soit resté lettre morte. Forêts et bungalows coloniaux ont depuis longtemps fait place à des immeubles résidentiels, mais c'est toujours un endroit recherché.

Doc et Arjun profitaient de la fraîcheur de la brise en buvant à petites gorgées gourmandes un café au lait très réussi. *Half-cup, milk separate*.

— Le secret, c'est de commander une demi-tasse. Quand on demande *full-cup*, je ne sais pas pourquoi, il est toujours moins bon. Et puis, quand on commande une deuxième fois *half-cup*, on double son plaisir !

Quand Amritâ et Raghunâth arrivèrent, la beauté de la fille, avec son visage à l'ovale parfait et ses longs yeux, frappa d'emblée Arjun. Il ne fut pas long à conclure que la beauté de son frère, le garçon aux « vrais-faux » cils qu'il avait connu dans le train, était aussi renversante. Peut-être même plus.

Frère et sœur paraissaient tendus et impatients d'apprendre pourquoi Doc les avait fait venir. Loin d'entrer tout de suite dans le vif du sujet, celui-ci commença par leur faire admirer la vue et leur recommanda les jus de fruits pressés sur place et les glaces maison.

— Vous vous rendez compte, de cette terrasse on voit aussi bien les tours du Silence que le temple Mahâlakshmî et la mosquée Hadji Ali !

Amritâ eut un geste charmant pour s'abriter de la lumière et regarder dans la direction de la grande mosquée blanche, tout au bout de l'étroite jetée.

Quand le garçon apporta un jus de grenade pour le jeune homme, un sorbet aux bourgeons d'hibiscus pour sa sœur et encore du café (l'autre *half-cup*) pour les brahmanes, Doc attendit encore un peu pour se mettre à questionner Raghunâth. Il avait demandé à Amritâ de faire tout son possible pour amener son frère et il sentait qu'elle avait dû déployer des trésors de persuasion pour y arriver. Pas plus à Doc qu'aux policiers, Raghunâth n'avait voulu parler jusqu'ici des circonstances mystérieuses de la mort de Priyankâ Dutt. Si l'on espérait obtenir quelque renseignement, il ne fallait donc pas le brusquer.

Tout en laissant errer son regard sur les gradins couverts de lianes, les mimosas et les ébéniers des Jardins suspendus, il demanda calmement :

— Etes-vous sûr, Raghunâth Kesri, d'avoir dit tout ce que vous saviez sur l'accident du Bombay Express ? J'ai là quelques documents – il désignait en parlant une grande enveloppe qu'il posa sur la table – qui tendraient à prouver que vous connaissiez bien la victime et que vous auriez très bien pu lui rendre visite la nuit du drame.

Doc s'interrompit pour suivre des yeux un couple de perroquets qui les survolaient en criant. Il n'avait toujours pas regardé Raghunâth. Il le fit alors et constata que le jeune homme, un peu rouge, gardait les yeux baissés. Doc fit un signe imperceptible à Amritâ qui posa sa main sur l'épaule de son frère, comme pour l'encourager, et murmura :

— Tu devrais dire à Doc ce que Priyankâ t'avait confié...

— Je ne m'en souviens pas. Elle ne m'a jamais fait aucune confidence. Quant à toi, si c'est comme ça que tu tiens tes promesses...

On lisait un tel air de reproche sur le beau visage de Raghunâth que Doc crut bon d'intervenir :

— Ou bien votre mémoire vous trahit, ou bien vous avez décidé de continuer à mentir. Dans les deux cas, vous serez sous peu accusé de complicité d'homicide. Qui essayez-vous de protéger en agissant ainsi ? Savez-vous que votre employeur, Bijal Dutt, qui jusqu'à présent se portait garant de votre innocence, commence à émettre des doutes ? Je ne sais s'il est sincère ou si, tout simplement, il cherche à rejeter sur vous un crime qui pourrait lui coûter cher.

L'air absent, Raghunâth se taisait mais cette dernière phrase l'avait ébranlé.

Son entêtement avait de quoi étonner Doc, à qui Amritâ avait mentionné la vulnérabilité et la faiblesse de son frère, qu'elle qualifiait d'influençable et de malléable. Que cachait-il ? Et où trouvait-il la force de le faire ?

— Un *ganderi* sans citron !

Doc tressaillit en entendant la voix qui avait commandé un jus de canne sans citron. Il se retourna vivement mais ne vit personne, et quand il fit à nouveau face à ses compagnons, Raghunâth n'était plus avec eux. Personne ne l'avait vu partir. Tout d'abord, aucun des trois ne s'en inquiéta mais, au bout d'un moment, Amritâ se leva pour scruter du regard l'étendue de la terrasse en paliers, l'intérieur du café, puis le chemin qui descendait vers le parc. Les deux hommes se levèrent aussi. La douleur qu'exprimaient les longs yeux de la jeune femme ne manqua pas de toucher Doc mais, en revenant vers leur table, il s'aperçut que l'enveloppe avait disparu et ce détail fut tout à coup pour lui plus important que la peine d'Amritâ.

Sur la petite route en lacets partant de l'établissement courait le buveur de *ganderi*. C'était le grand diable de cinglé qui les avait attaqués à Colaba. S'était-il lancé à la poursuite de Raghunâth ? Avait-il un lien quelconque avec Kapil Basu, le père de la victime, dont on pouvait sans se tromper supposer qu'il en voulait non seulement aux Dutt mais aussi à Raghunâth Kesri et même à Doc ?

Arjun s'efforçait de réconforter Amritâ. Quand Doc annonça que Raghunâth avait dû emporter l'enveloppe ou que quelqu'un d'autre l'avait volée, ce qui paraissait peu probable, Amritâ poussa un petit cri et ils durent l'obliger à se rasseoir.

— Bien que je dispose toujours des originaux, la disparition de ces lettres, si ce sont bien celles que je vous ai données, est une catastrophe pour nous. Soit Raghunâth en fera mauvais usage, soit Basu les utilisera contre lui.

Ses mains enserrant ses frêles épaules, elle sanglotait sans larmes. Compatissants, Arjun et Doc se relayaient pour tenter de la consoler mais, curieusement, le vol de l'enveloppe ne semblait pas les accabler outre mesure.

Quand Amritâ les quitta, ils avaient réussi à la calmer – placebo ou consolation véritable, qui aurait pu définir le traitement administré par les habiles médecins ? – et ils restèrent encore un peu à regarder dans le lointain les tours du

Silence, groupées dans la verdure et au-dessus desquelles planaient de grands oiseaux. Bien que les Parsîs soient de plus en plus nombreux à se faire incinérer, au sommet de ces tours on expose encore, coutume millénaire, des cadavres que les vautours viennent déchiqueter en quelques heures et dont les prêtres éparpillent les restes.

En sortant du café Naaz, ils traversèrent un quartier agréable. Le Nouvel An parsî approchait et, devant un « temple du feu », quelqu'un tendait des guirlandes de soucis et de marguerites entre les statues de deux barbus à corps de lion comme on en voit à Persépolis, tandis que se rassemblaient çà et là des groupes endimanchés. En costume et bonnet blancs, le prêtre de l'*agiari* leur fit un petit salut aimable.

Ils éprouvèrent un élan de sympathie pour cette communauté tranquille et bienveillante. Parmi les Parsîs, pour la plupart commerçants prospères et cultivés, qui dit aisance dit aussi philanthropie. Ces mazdéens, anciennement venus de Perse, se réunissent fréquemment pour vénérer le feu, élément essentiel de leur religion. Les hommes portaient de petits chapeaux noirs laqués, et le sari des femmes était drapé de façon spéciale et retenu par une broche sur l'épaule gauche.

Lorsque Doc et son compagnon quittèrent Malabar Hill, ils parlaient toujours des Parsîs, du cordon de laine de mouton que chacun d'eux portait autour de la taille depuis le jour de son investiture ; des familles qui avaient fait fortune dans le commerce du coton et de l'opium ; des clans, comme ceux des Tata, des Wadia ou des Jeejeebhoy, qui s'étaient particulièrement illustrés. En regardant une dernière fois les tours à cadavres, ils pensèrent au récit de Kipling qui vit un jour avec horreur tomber dans son jardin une main d'enfant lâchée par quelque charognard.

Au loin, la marée avait submergé l'étroite jetée et transformé en île la mosquée Hadji Ali.

Le regard fixe, la commissaire touillait son café depuis cinq bonnes minutes et pourtant il ne l'avait pas vue y mettre le moindre soupçon de sucre. Devant l'air étonné de Doc, Medhâ Thiyam éclata de rire, ce qui avait bien dû lui arriver une dizaine de fois depuis sa naissance, pensa-t-il. Ce rire faisait apparaître la femme charmante qu'elle aurait pu être.

Elle avait ri, mais l'affaire qui les préoccupait, et dont le dénouement avait déjà paru plus proche, n'était pas encore réglée. Le déroulement en restait même très approximatif.

— Les pièges que vous avez tendus récemment nous mènent-ils quelque part ? Qu'avez-vous pris dans vos filets en fin de compte ?

Elle faisait allusion à l'homme qu'il avait été facile d'embarquer à la suite du bain de teinture que Doc lui avait fait prendre. Il avait avoué sans peine que Kapil Basu l'avait chargé de surveiller Doc et de le suivre partout. En revanche, il avait prétendu ne rien savoir sur l'auteur de l'agression à Colaba.

Doc ne répondit pas immédiatement car il venait de découvrir sur ses chaussures de minuscules éclaboussures qui lui avaient échappé jusqu'ici. Il vérifia aussitôt que la toile fanée de son précieux parapluie était indemne. Il avait choisi de ne pas dire encore à la commissaire qu'il était presque sûr d'avoir entendu puis reconnu de dos, quittant le café Naaz en courant, l'homme de Colaba et que, vraisemblablement, la brute s'était lancée à la poursuite du jeune homme disparu.

L'autre piège imaginé par Doc avait en partie réussi : s'il avait ostensiblement posé cette enveloppe sur une table du café, c'était pour voir si son contenu intéresserait Raghunâth, et celui-ci n'avait pas résisté à s'en emparer et à se sauver avec. Depuis, on n'avait pas réussi à retrouver le jeune homme. Il revoyait le désespoir d'Amritâ lorsqu'elle était venue au commissariat pour signaler cette disparition. A la fin, elle s'était levée et avait hurlé avec une force sauvage qui les avait tous surpris :

— RETROUVEZ MON FRÈRE !

Doc était probablement le seul à savoir que l'exploit de Raghunâth – se saisir du document et s'enfuir avec, à l'insu de tous – avait été provoqué par la voix du buveur de *ganderi* sans citron. Cela l'amenait à penser que le secrétaire avait pris l'enveloppe pour empêcher l'autre de la voler par un quelconque stratagème et que ce type était bien un des sbires de Basu.

Le piège imaginé par Doc était double : il avait l'air de s'être fait voler des papiers importants mais, évidemment, ceux-ci étaient en sécurité, l'enveloppe ne contenant que des journaux. Ce détail du contenant volé et du contenu préservé, Medhâ Thiyam l'avait apprécié à sa juste valeur.

— Puisqu'on recherche Raghunâth Kesri jusqu'ici sans succès, puis-je vous prier d'éviter la bavure si on le retrouve avant moi ?

La bonne disposition de la commissaire s'était évanouie. Elle lui lança un regard assassin et changea tout à coup de sujet :

— Je sais bien qu'on ne doit négliger aucune piste, si stupide soit-elle, ce n'est pas vous qui allez m'apprendre mon métier, mais je continue à trouver folle votre supposition du suicide de Priyankâ Dutt.

— Si on ne s'autorisait pas de temps à autre une folle supposition, la vie ne vaudrait pas la peine d'être vécue.

Elle fit celle qui n'avait pas entendu et en profita pour lui annoncer :

— C'est aujourd'hui que je vais officialiser la mise en accusation de Bijal Dutt et émettre son mandat d'arrêt. Il croit s'en être tiré mais il va devoir répondre d'un homicide volontaire avec préméditation et, cette fois, aucune caution ne lui permettra de rester dehors.

Doc avait redouté ce moment, mais il ne l'écoutait plus. Toutes ces femmes commençaient à le fatiguer. Celle-ci, d'abord, avec son entêtement et son hystérie. La victime, ensuite, pour s'être mise volontairement – il en était de plus en plus persuadé – dans une situation fatale et avoir créé un mystère difficile à élucider. Kamalâ, qui cherchait en cachette à régaler Kaustubh de plats que, d'après la domestique, il refusait avec héroïsme. Amritâ, qui lui avait tacitement arraché la promesse de sauver son frère, promesse plus pesante qu'une chape de plomb. L'actrice enfin, qui persistait avec une indécence choquante à ne pas tenir compte de l'horrible fin de sa bru uniquement pour protéger son fils.

Sa dernière entrevue avec Tâmrâ Dutt n'avait cependant pas été inutile. En des termes qui ne devaient rien à des répliques de film, elle lui avait fait, quand il lui avait montré l'agenda, une révélation qui confirmait ce qu'il subodorait.

— Même si vous l'avez vraiment trouvé ici, je vous garantis que ce n'est pas son agenda habituel. Celui qu'elle utilisait couramment venait de chez Smithson, à Londres. Je le lui avais commandé chez Benzer en même temps que le mien pour qu'elle ait enfin quelque chose d'un peu chic. Cette pauvre enfant avait si mauvais goût…

En faisant cette déclaration, la star, sans cesser de caresser son majestueux matou, dirigeait son regard vers un luxueux agenda posé à son chevet. Il était très différent de celui trouvé sur le bureau de la défunte. A la manière dont elle avait ensuite parlé du secrétaire, Doc avait compris qu'elle ne cherchait pas à l'accuser du meurtre mais le défendait au contraire, et il soupçonnait depuis une véritable connivence entre elle et Raghunâth. Elle lui avait donné l'impression d'en savoir long sur lui et même de partager un secret avec le jeune homme. Milord aussi avait dû déceler cette complicité, car il était tout à coup parti avec un dédain qui cachait mal une jalousie toute féline.

Alors que la commissaire parlait toujours, il revoyait encore la scène quand il l'entendit conclure :

— Quoi qu'il en soit, tout problème a sa solution. Que vous l'admettiez ou pas, j'en viendrai à bout. Et sans vous. J'arriverai sous peu à prouver la culpabilité de M. Dutt.

Il eut envie de rétorquer qu'il n'y avait pas de solution parce qu'il n'y avait pas de problème ou encore que toute solution avait un problème. Mais il mit son insolence de côté parce qu'il souhaitait gagner encore un peu de temps pour réussir, au contraire, à prouver l'innocence de Dutt. Elle vint à son secours sans le vouloir quand elle se rassit avec un soupir de lassitude et murmura en réprimant une grimace :

— Je n'en peux plus. Ces douleurs me tuent.

A sa grande surprise, Doc déclara d'une voix tranquille :

— Après vous avoir un peu observée, je suis arrivé à quelques conclusions sur votre état de santé. Si vous me le demandez expressément, je pourrai vous en parler, mais nous avons en ce moment une relation qui ne s'y prête pas. D'ailleurs, je tiens à vous rassurer : je ne soigne personne contre son gré. Alors, je vous propose une bien meilleure solution : l'ami qui voyage avec moi, et que vous avez brièvement interrogé au début de l'enquête, est un as de la médecine âyurvédique. C'est lui que vous devriez consulter.

L'étonnement de Medhâ augmenta encore quand il ajouta :

— Oui ! Lui est si fort qu'il pourrait vous révéler bien des secrets sur l'état de santé de votre propre père rien qu'en vous voyant, vous !

Chapitre 17

Ne pas pouvoir contacter sa sœur sans risquer de se faire repérer le tracassait au plus haut point. Raghunâth avait beau chercher un moyen de la rassurer, il n'avait toujours rien trouvé. Quand il avait fui le café Naaz, à Malabar Hill, en emportant ce qu'il croyait être des documents l'impliquant dans le drame du train, il avait eu la chance de semer assez facilement le grand zèbre qui le poursuivait. Il avait ensuite réussi à gagner sans encombre Bhuleshwar, un quartier de *chawls,* au-delà de Crawford Market.

C'était une de ces cités-dortoirs de brique et de mortier, construites au début du XXe siècle par les Britanniques pour loger les ouvriers célibataires des filatures de coton alors en plein essor. Il s'était finalement réfugié chez un ami rencontré à Film City, un garçon sérieux et taciturne, uniquement intéressé par le cinéma d'auteur et qui méprisait un peu les *masala movies* et leur recette au succès assuré.

Originaire du Bengale comme les Kesri, Atal Roy avait trouvé tout naturel d'héberger un compatriote en difficulté. Il n'avait posé aucune question mais seulement écarté livres et papiers pour faire un peu de place à Raghunâth. Pour la nuit, la natte de l'entrée avec un sac de couchage par-dessus ferait l'affaire. Les deux garçons s'entendaient bien : Raghunâth était reconnaissant à celui qu'il admirait pour ses dons artistiques ; esthète dans l'âme, Atal était fasciné par la beauté du réfugié et ne demandait rien d'autre que de pouvoir le contempler à loisir.

Les *chawls*, avec leurs cinq ou six étages de minuscules cellules pourvues chacune d'un balcon donnant sur une cour intérieure, n'abritent plus depuis longtemps ceux pour lesquels on les construisit, mais des familles entières qui, entassées là, en font les plus bourdonnantes des ruches. Chaque *chawl* est souvent peuplé par les membres d'une communauté de même origine et, dans celui d'Atal, ne logeaient quasiment que des Bengalis. Raghunâth se sentait donc en sécurité au milieu des siens – aucun Bengali n'en dénoncerait un autre, surtout hors de chez eux –, et apparemment tout le voisinage était accoutumé aux visiteurs qui se succédaient chez Atal. Son seul souci concernait donc Amritâ, que sa disparition devait rendre folle d'inquiétude.

Il n'avait pas intérêt à se faire coincer par ce brahmane rusé qui lui avait déjà tendu un piège de taille, et encore moins par les policiers ou les hommes de main de Basu. Il espérait seulement que sa sœur ne se montrerait pas trop bavarde, surtout à propos de ce qui manquait dans ses affaires. On voulait lui faire croire que les Dutt l'avaient lâché, mais c'était sûrement un autre genre de piège. Le lâcher n'était pas dans leur intérêt et de Tâmrâ Dutt, en tout cas, il savait qu'elle était restée son alliée.

Doc, quant à lui, se demandait où Raghunâth avait bien pu trouver asile. Probablement chez des Bengalis comme lui. Si lui raisonnait ainsi, il était plus que certain que les policiers y penseraient aussi, se mettraient à écumer les communautés bengalies et finiraient par le retrouver. Mais cela prendrait du temps et il serait peut-être trop tard. En tant que Bengali, Basu aussi, s'il le voulait, obtiendrait sans peine l'information.

En vue de la démonstration d'arts martiaux à Film City, Doc s'entraînait longuement chaque jour au *kalaripayatt*. Et comme, en même temps qu'un corps délié, les exercices l'aidaient à garder un esprit clair et alerte, souvent il se remémorait des passages entiers de l'*Arthashâstra* qu'il connaissait assez bien. Dans ce traité de politique et de stratégie, aux préceptes réputés pour être machiavéliques, le ministre Kautilya signifie clairement à Chandragupta, le prince pour lequel il écrit, qu'en politique tous les moyens sont bons et qu'il ne faut pas hésiter à user des plus retors pour arriver à ses fins.

Toutes choses égales par ailleurs, Doc reprenait ces conseils à son compte.

— Comme tu l'as constaté, je n'ai pas reculé devant l'utilisation de stratagèmes pour tromper ou effrayer ceux dont la réaction pouvait se révéler intéressante, par exemple Raghunâth ou l'homme qui me filait au bazar.

Il commentait ainsi pour Arjun sa participation à l'enquête et, par jeu, poursuivait l'énumération des recommandations de Kautilya.

La *discipline personnelle*, Arjun savait que son ami n'en manquait pas. Pas plus qu'il ne manquait de *savoir*. « Privé de l'œil de la science, on est aveugle. » Selon la philosophie qui lui avait été inculquée, Doc s'essayait aussi à la *maîtrise des passions*, « aussi nuisibles à l'homme que ses ennemis déclarés ».

De même, au *juste choix des auxiliaires*, préconisé par Kautilya, il accordait beaucoup d'importance :

— La femme de chambre des Dutt, mon beau-frère, la sœur de Raghunâth, la policière Chowry, tous m'ont aidé parfois à leur insu. Après m'être plus ou moins assuré de leur intégrité, comme il se doit, je les ai utilisés un peu comme des ministres ou des agents secrets. « Pour bien gouverner, on ne peut se passer de bons espions. » Mais qui dit espion dit aussi trahison. Quels seraient parmi eux les traîtres potentiels ?

— Tu n'es pas allé jusqu'à employer d'espion bossu comme on en trouve dans presque tous les classiques, mais il est vrai que ton beau-frère a assez habilement rempli cet office d'espion auprès de Kapil Basu.

Lui qui n'était pas policier et qui s'entêtait pourtant à démêler cette intrigue n'avait d'autre pouvoir, il ne le savait que trop, que la *ruse* et éventuellement la *séduction*, dont Kautilya conseillait l'usage.

Doc s'arrêta pour considérer une évidence : dans ce cas précis, sa séduction légendaire n'avait tout bonnement pas marché, en tout cas pas aussi systématiquement que d'habitude !

Allons ! parmi les autres avantages cités par l'auteur du traité, il avait pour lui la capacité d'utiliser la *force*, en tout cas dans l'art du sabre et du bâton, voire au besoin la *violence*, comme à Colaba. Il possédait aussi de l'*énergie* à revendre et une bonne part de *chance*, puisque le héros qui se dévoue aux bonnes causes peut espérer en bénéficier toujours, ainsi que de l'*appui divin*.

— Chance et appui divin, s'ils font défaut, on peut toujours prétendre les avoir, mais, et c'est là que le bât blesse, Kautilya insiste sur la nécessité de n'entreprendre que « le possible et le réalisable », alors qu'on ne voit encore aucun dénouement possible à cette histoire. Un autre obstacle de taille : l'ennemi – ici, le criminel et le cas échéant ses complices – se montre plutôt coriace et utilise lui aussi avec succès la ruse et l'espionnage.

D'aucuns assurent que c'est grâce aux judicieux conseils de Kautilya que le prince Chandragupta a fondé la dynastie des Maurya. Doc, lui, tout en connaissant par cœur ces préceptes, n'avait encore rien construit de bien solide. Et pourtant, il commençait à se faire une idée du déroulement du drame du Bombay Express et de ce qui l'avait provoqué. Il ne lui manquait que peu de chose pour aboutir.

Le parallèle entre son action et la stratégie de Kautilya pouvait paraître futile, mais un autre thème, présent dans cet ouvrage et dans d'autres, lui donnait matière à réflexion.

C'était celui du suicide, un geste condamné par les textes sacrés et volontiers passé sous silence, bien que courant dans les mœurs indiennes, ne serait-ce que chez les veuves. Dans les *shâstra*, cependant, le suicide n'est pas toujours considéré comme l'expression rituelle du désespoir. Il peut être envisagé comme chantage, s'il reste à l'état de menace, ou comme vengeance, s'il aboutit. L'image est classique du créancier jeûnant sur le seuil de son débiteur et clamant qu'il ne cessera qu'une fois remboursé ou bien qu'il jeûnera jusqu'à la mort.

Le suicide par inanition est d'ailleurs le seul autorisé aux Jaina. On connaît à ce genre de mort de cruels raffinements, comme de se couper la langue pour ne pas pouvoir changer d'avis et être sûr de mourir de faim, quelle que soit la réaction de celui que l'on provoque ainsi. Un sadisme à double tranchant, en somme.

C'était cet aspect de l'acte suicidaire que Doc reliait depuis un certain temps déjà à l'affaire du train. Se tuer pour rendre responsable de sa mort celui contre qui on a un grief et faire peser sur lui une insupportable culpabilité, tout en chargeant lourdement son karma et en souillant à jamais ses vies futures. Etait-il extravagant de penser que Priyankâ aurait été tout à fait capable de manigancer un simulacre de suicide revendicatif pouvant passer pour une tentative d'assassinat ? D'une pierre deux coups.

Si, comme on le dit parfois, la mort infligée à sa victime par un criminel porte sa marque personnelle, alors tuer par le feu n'était, à son avis, la signature ni des Dutt, ni de Raghunâth. Sans savoir pourquoi, il pensait que cela aurait pu être celle de Basu. Et puisque sa fille lui ressemblait beaucoup... elle aurait très bien pu choisir ce moyen de nuire à Bijal. Peut-être, mais au prix de sa propre vie ?

Pourquoi se serait-elle alors enfermée ? C'était le seul détail, mais il était d'importance, qui ne confirmât pas cette hypothèse. Et pour le moment tout était si confus qu'il n'avait pas envie d'en débattre, même avec Arjun. Il avait pourtant entendu dire que tous les suicides ne sont pas dépourvus d'éléments illogiques, comme cette histoire de verrou. Le suicide est certes un acte grave mais, même pratiqué pour s'extraire de la société, il demeure éminemment social en tant que message, défi ou revendication et, à ce titre, il peut comporter contradictions ou étrangetés.

Qui donc avait souhaité, après l'accident, que l'on trouvât en évidence sur le bureau de Priyankâ un faux agenda, des lettres falsifiées, une photo trafiquée ? Les Basu n'avaient pas mis les pieds dans cet appartement ; Tâmrâ avait fortement douté de la validité de l'agenda ; Bijal n'aurait rien laissé là qui pût le compromettre ; la femme de chambre était trop ignorante... Priyankâ elle-même avant leur départ pour Madras ? Ils étaient partis en avion, mais puisque les menaces de grève existaient déjà, elle avait pu alors songer à un éventuel retour en train, qui lui permettrait cette mise en scène frisant la mystification.

Depuis sa dernière conversation avec Tâmrâ Dutt, Doc avait obtenu de la commissaire que l'on vérifiât l'emploi du temps de Priyankâ durant le mois précédant le voyage fatidique. La policière Chowry en avait été chargée et elle avait glané des informations utiles. Alors que dans le faux agenda on ne relevait quasiment – ce qui était plutôt maladroit – que des rendez-vous avec certaine personne désignée par R.K. ou K.R., parfois simplement R. ou K., on avait pu reconstituer les activités de la défunte pendant une période qui s'était révélée bien remplie.

Pas un jour sans médecin, dentiste, coiffeur, tailleur, bijoutier, visite à ses parents ou amis, déjeuner en ville, projection privée, rencontre d'affaires. On constatait que Priyankâ n'avait pas employé son temps qu'à des rencontres amoureuses, comme elle avait souhaité le faire croire.

Il n'avait pas été difficile de vérifier que les

lettres d'amour signées R. n'étaient, comme l'affirmait Amritâ, qu'une grossière imitation de l'écriture de son frère et une encore plus erronée de ses sentiments. Amritâ décrivait ainsi la vie amoureuse du jeune homme : depuis qu'il travaillait à Film City, il était certes flatté du succès qu'il devait à son physique avantageux et il avait, bien sûr, la tête tournée par toutes ces ravissantes starlettes. Mais il redoutait un peu leurs agaceries incessantes et se sentait plus à son aise en compagnie des garçons, jeunes acteurs frais émoulus du Petit Théâtre Expérimental ou techniciens blagueurs dont les jeux et les plaisanteries étaient plus conformes à ses goûts. Il admirait et enviait ceux qui réussissaient et, avec sa manie de l'identification, il se prenait parfois pour eux et n'avait qu'un désir : les imiter en tout. Amritâ déclarait qu'il était le plus souvent coupé de la réalité et elle jugeait sa sexualité immature. Elle soutenait qu'il voulait d'abord percer et en profiter ensuite pour séduire les filles et mener la grande vie. Rien que de très banal, après tout.

Tout cela recoupait parfaitement ce que Doc savait déjà de ce garçon, dont il avait pensé plus d'une fois qu'il devait être du genre à refuser l'obstacle tel un cheval vicieux. Raghunâth faisait partie du lot de ceux qui viennent à Bombay avec l'idée fixe de faire du cinéma et qui, surtout s'ils ont une apparence agréable, sont persuadés que la chance va leur sourire sans qu'ils aient à fournir le moindre effort. Ils sont nombreux à refuser de croire que « les daims n'entrent pas dans la gueule du lion endormi ». Cela s'accordait à la personnalité du garçon : naïf, influençable, animé depuis son enfance par un besoin d'imitation et de projection poussé à l'extrême. Il avait toujours rêvé de films et de vedettes, aussi, malgré la désapprobation de sa sœur, avait-il intrigué auprès de Priyankâ pour être embauché à Bollywood. En effet, quand il avait retrouvé à Bombay cette fille originaire du même village que lui, elle venait de faire la connaissance du producteur Bijal Dutt.

La jeune femme avait dû trouver Raghunâth assez beau pour lui permettre de tenter sa chance et elle l'avait présenté à Bijal. Ce n'est que plus tard, sans doute, que l'idée lui était venue de se servir du secrétaire pour rendre jaloux celui qu'elle avait épousé entre-temps et qui ne lui manifestait pas assez d'ardeur à son gré.

Amritâ avait livré à Doc ces quelques secrets et il lui avait fait confiance, mais c'était quand même une petite cachottière qui dissimulait une bonne part de la vérité, il en était persuadé. Tout comme Raghunâth qui gardait le silence. Dans ce film imprécis qu'était la vie de son frère, la belle aux longs yeux jouait-elle le rôle de la gentille, de l'espionne ou de la traîtresse ? Double jeu, double rôle.

En fait de mensonge et de trahison, Kapil Basu, lui, l'avait trompé tout en essayant de l'amadouer avant de chercher carrément à lui nuire.

Le comble, pensait Doc, c'était que les moins menteurs de tous étaient probablement les Dutt ! Ils étaient les seuls aussi à ne pas dire de mal de la victime. Pas de bien non plus.

Et pourtant Bijal allait se retrouver sous peu en état d'arrestation et inculpé d'homicide. Il n'avait échappé à la garde à vue qu'en payant une caution élevée, mais il ne resterait plus très longtemps en liberté si rien de nouveau ne se produisait pour prouver son innocence dans la mort inexpliquée de sa femme.

Medhâ Thiyam n'avait pas besoin d'autre preuve pour l'arrêter : Bijal ne niait pas avoir été en possession du passe ; son briquet avait été retrouvé dans le compartiment où le feu avait pris ; il admettait avoir été fortement déçu par les dispositions financières imposées par son beau-père ; il ne cherchait même pas à cacher sa liaison avec Arundhatî, la belle actrice.

Après son arrestation imminente, il ne manquerait plus à la commissaire qu'à obtenir de lui des aveux complets, parce que jusqu'ici il continuait à nier toute responsabilité dans l'incendie. Et Medhâ Thiyam se disait certaine de les lui extorquer.

Doc avait beau soupçonner un tout autre déroulement du drame, il ne disposait d'aucune preuve, d'aucun aveu non plus. Dans un train, et à plus forte raison un train de nuit, les alibis sont restreints. Dans un compartiment de couchettes de première classe, il y a encore moins de suspects possibles qu'ailleurs. Du reste, tout le monde avait été formellement écarté, sauf Bijal et Raghunâth.

Si le premier avait à la rigueur des raisons de tuer Priyankâ, quelles pouvaient être celles de Raghunâth ? L'y avait-on incité ? Pourquoi, dans ces conditions, aurait-il tiré le signal d'alarme ? Sur le passe, on n'avait décelé que les empreintes de l'employé, mais pas celles de Bijal ni de Raghunâth. Bien sûr, les gants et les mouchoirs sont faits pour éviter de laisser des traces…

Décidément, ceux qui disent que la violence d'une mort non naturelle ou d'un meurtre rejaillit presque toujours sur l'entourage de la victime n'ont pas tout à fait tort. Mais était-ce vraiment un meurtre ?

Chapitre 18

Imaginez une grande salle rectangulaire, le *kalari,* de soixante-douze mètres carrés exactement. Assez sombre, sans fenêtre mais pourvue de soupiraux à lattes mobiles. Sur les murs badigeonnés d'ocre, des miroirs et des photos jaunies entourées de guirlandes, ainsi que plusieurs râteliers garnis les uns de bâtons de bois courts ou longs, les autres de poignards, d'épées, de lances. Au sol, le long du mur, une rangée de petits boucliers ronds ornés de bosses et bien astiqués.

Si on vous autorise à y pénétrer, déchaussez-vous et entrez sans bruit, le plus discrètement possible. Inclinez-vous avec respect devant le petit autel consacré à Shiva flanqué de sa parèdre. Celui qui connaît un peu son caractère ne trouvera pas étonnant que ce dieu préside aux destinées du plus ancien de tous les arts martiaux. Vous pouvez ensuite vous asseoir sur un petit banc ou bien à même la terre battue.

Les décorateurs devaient être vraiment forts car, sur les conseils de Sandip, l'entraîneur venu du Kerala, ils avaient reconstitué à l'identique la pièce où Doc avait appris le *kalaripayatt*. Et quand celui-ci avait passé la tête pour voir qui était déjà là, il en était resté tout ébaubi.

Pendant que lui et Sandip se concertaient une dernière fois au vestiaire aménagé pour eux, Arjun faisait soigneusement chauffer son huile aux vertus secrètes. Lorsque les deux athlètes seraient prêts, il les feraient mettre à plat ventre et leur en oindrait vigoureusement la colonne vertébrale, la paume des mains et la plante des pieds. Un peu plus tard, il leur étalerait par effleurements légers le surplus de l'onctueuse mixture sur tout le corps.

Exceptionnellement, le *kalari* se remplissait peu à peu de spectateurs. Doc, qui ne put s'empêcher d'y jeter à nouveau un coup d'œil, eut la surprise d'apercevoir Tâmrâ Dutt assise sur un petit banc. Auprès d'elle, debout, se tenaient Arundhatî et Bijal. Ils formaient tous les trois un touchant tableau : Bijal avait l'air de veiller sur des trésors, tandis que les femmes, têtes rapprochées, bavardaient avec complicité.

Il s'approcha pour les saluer et constata qu'Arundhatî resplendissait, alors que Tâmrâ, poudrée à l'extrême, comme plâtrée, coiffée et maquillée telle une poupée ancienne, faisait sous l'éclairage artificiel l'effet d'être sortie d'une boîte ou plutôt des mains d'un embaumeur. Quand elles lui sourirent, malgré la différence d'âge et d'accoutrement, il leur trouva une ressemblance évidente. Elles échangèrent un regard et il comprit alors qu'elles s'entendaient très bien et que, finalement, ce que redoutait Tâmrâ, ce n'était pas tant la beauté d'une autre femme (qui pouvait la surpasser et même l'égaler en beauté, puisque « la flamme de la lampe n'a d'éclat que lorsque le soleil est couché » ?) qu'une femme dont la forte personnalité risquait d'entrer en conflit avec la sienne. D'ailleurs, on devinait facilement que, loin d'en prendre ombrage, elle aimait à voir Bijal entouré de belles starlettes et de jolis garçons.

Priyankâ avait cru pouvoir briser l'emprise de l'actrice sur son fils et le libérer de la tutelle maternelle (quelle emprise et quelle tutelle ? aurait demandé Bijal), et c'était une des causes du déclenchement des hostilités entre bru et belle-mère. Au point que Tâmrâ n'avait pas du tout paru émue par l'accident de Priyankâ. En y repensant, Doc se rappela qu'elle n'avait même pas éprouvé le besoin d'approcher du cadavre, plus sans doute par indifférence que par sensibilité excessive. Ou peut-être parce qu'elle avait trop bien compris ce qui s'était passé ?

Doc devait constater ce jour-là que pas une des personnes rencontrées à Bollywood ne semblait se soucier du sort cruel de Priyankâ, la morte du Bombay Express. Pédante et prétentieuse – Raghunâth l'avait qualifiée de bas-bleu –, elle n'avait épousé Bijal, laissait-on entendre, que pour se lancer dans le cinéma, tout en assouvissant son attirance pour les jeunes premiers et sans rien débourser de l'aide financière promise avant le mariage. Son penchant pour les farces d'un goût parfois douteux et ses regards en coin n'étaient plus qu'un souvenir comme un autre. Il n'entendit pas d'autre oraison funèbre.

Derrière les Dutt, un personnage imposant – un étranger d'après son accent – discutait en anglais avec un jeune homme au visage tourmenté. Bijal apprit à Doc que l'un était un acteur français de renom, un grand amateur de cinéma indien qui avait déjà produit et diffusé plusieurs films bengalis. Son interlocuteur était Atal Roy, jeune espoir du cinéma d'auteur bengali. Quand Bijal leur présenta Doc, le Français exprima son vif intérêt pour le combat qui allait se dérouler, tandis que l'autre le dévisageait avec une intensité qui fit germer une drôle d'idée dans l'esprit du brahmane. Une idée un peu folle, mais que deviendrait-on sans idées folles ?

Sagement assis par terre au premier rang, les cascadeurs attendaient la démonstration. Ils détaillaient les armes aux râteliers, ainsi que les ballons recouverts de toile, de différentes tailles, qui pendaient du plafond à divers endroits. Comme on le leur avait expliqué, c'étaient des sortes de punching-balls (ou plutôt de kicking-balls). A l'entraînement, le pratiquant de *kalari-payatt* doit s'exercer à bondir le plus haut possible et à les atteindre d'un double coup de pied latéral, ce qui demande certains dons et une grande assiduité dans l'apprentissage. Chacun des ballons étant à une hauteur différente, on peut ainsi mesurer à tout moment ses progrès et ses lacunes.

Tout à coup ce fut le silence. Des projecteurs s'allumèrent (on était tout de même à Bollywood !), une petite cloche tintinnabula avec insistance et les deux combattants firent leur entrée au pas de course. *Dhoti* d'un blanc étincelant contrastant avec la peau brune et huilée des corps agiles et musclés. D'un seul élan, ils s'inclinèrent rapidement devant Shiva, passèrent les mains au-dessus de la flamme puis devant leur visage. Ils s'immobilisèrent ensuite devant un grand portrait de leur maître d'armes et se prosternèrent trois fois, touchant successivement les socques du guru (Sandip avait eu une fameuse idée en les apportant ou en en demandant à un accessoiriste) et leur propre front, tout en murmurant une courte prière :

Puissé-je un jour être digne de la poussière de Vos pieds.

Celui « à la dureté de fer, à la douceur de miel » qui, en même temps que l'art du combat, leur avait inculqué, selon la tradition, la science médicale et bien d'autres encore, et qui allait symboliquement veiller au bon déroulement du combat. D'un même mouvement, ils firent glisser le *dhoti* et il ne leur resta plus qu'une mince culotte rouge.

Toujours aussi vifs, ils se dirigèrent vers une échelle murale d'où pendaient deux étroites bandes de tissu écarlate et ils se mirent à se draper le bassin en tournoyant jusqu'à l'avoir entièrement corseté. Sur les reins, ils façonnèrent prestement un nœud en forme de chou aplati et laissèrent retomber un pan plat sur le devant.

— Prêts ? Allez, Messieurs !

Ce furent d'abord plusieurs enchaînements de postures d'échauffement et d'assouplissement qui laissèrent le public bouche bée. Maîtrise parfaite du geste, coordination impeccable, contrôle du souffle, Sandip et Doc offraient un spectacle étonnant. A jamais vivante en eux, la voix forte du maître absent résonnait à leurs oreilles, débitant à un rythme soutenu les différentes postures aux noms d'animaux, dont on s'efforce d'imiter les attitudes au plus près. Serpent, ils ondulaient ; grue, ils s'envolaient ; poisson, ils fendaient l'eau ; insecte, ils vrillaient l'air ; coq, ils se perchaient ; lion, ils attaquaient.

Ces préliminaires furent suivis par une série de bonds impressionnants.

Les corps étaient maintenant assez déliés, ils pouvaient envisager de passer au combat proprement dit. Ils allèrent donc se planter devant le râtelier aux armes de bois. Ayant pour une fois abandonné son parapluie, Doc choisit un court bâton qu'il tendit à son adversaire, tout en inspectant du regard le bâton identique tendu par l'autre. Puis ils s'éloignèrent l'un de l'autre à reculons et se mirent en garde. On aurait cru voir un seul homme face à un miroir, tant les mouvements et les attitudes de l'un coïncidaient avec ceux de l'autre. Ils se fendirent ensuite en brandissant leur bâton.

Alors commença le plus extraordinaire des ballets. A la fois solidement ancrés dans le sol et totalement aériens, comme en apesanteur, les corps sveltes et bruns reflétaient les lumières. Soudain l'un d'eux attaqua et on n'entendit plus que le cliquetis assourdissant des bâtons. Sans y croire, les cascadeurs comptèrent jusqu'à cent cinquante de ces coups secs et précipités par minute.

Les yeux dans les yeux, pour mieux deviner la tactique adverse et les coups à venir, ils se livrèrent de multiples assauts, sans s'accorder le moindre répit. On les vit passer en volant, bondir à des hauteurs incroyables, rebondir comme des balles : c'était véritablement de la haute voltige. On les vit frapper de taille et d'estoc, feindre, esquiver, parer, attaquer toujours et encore, sans jamais flancher, sans jamais manquer. De ces corps fins et parfaits se dégageait une impression de force, d'aisance et de souplesse vraiment inoubliable.

Le public haletait littéralement. Les joues rosies de plaisir, Arundhatî battait des mains à chaque exploit. Le producteur français paraissait subjugué, tous les autres étaient pantois. Personne ne cachait son émerveillement et, tout en sachant d'avance qu'ils n'arriveraient jamais à imiter tout à fait les champions, les cascadeurs manifestaient leur enthousiasme et leur impatience de se livrer à quelques essais.

Sur un signal caché, les courts bâtons de bois s'immobilisèrent. Même pas essoufflés, les deux disciples se firent un bref salut et, pour ne pas laisser leurs muscles se refroidir, ils s'en furent choisir Sandip une lance, Doc un bouclier et une épée. Chaque fois qu'il attaquait, Sandip émettait un cri rauque et bref en essayant de déséquilibrer Doc. Il parvint à faire sauter l'épée et même le bouclier, enfin il renversa son adversaire. A son air menaçant répondait l'air effrayé et par convention suppliant de l'homme couché sur le dos. Doc n'avait plus pour se battre que ses jambes et ses pieds. Soudain, il réussit par une savante prise tourbillonnante à arracher la lance des mains de Sandip et à la jeter au loin. Ils étaient tous deux désarmés. Sans tarder, ils s'en furent prendre chacun une épée puis ils les échangèrent. C'étaient des lames flexibles qui bientôt se mirent à lancer des éclairs et à bruisser comme de la soie déchirée. Tels des chats en furie, ils sautaient très haut et retombaient très bas, s'affrontant et parant toujours avec la même adresse, la même force et la plus confondante des précisions.

Fines lames, sabreurs d'élite, bretteurs exceptionnels, ils échangeaient des coups experts et subtils, des plus classiques aux plus fantaisistes et inattendus, tout en gardant pour eux les deux ou trois bottes secrètes qui doivent le demeurer. Pour l'assaut final, les épées se déchaînèrent, pointant et virevoltant tellement vite qu'on crut voir deux hélices tournant à plein régime.

Il n'y eut ni vainqueur ni vaincu : ils avaient prouvé leur égalité, leur forme éblouissante, leur science insurpassable, et ressuscité toute la beauté et la pureté de la tradition. Seuls les applaudissements nourris et les vivats qui se déclenchèrent spontanément à la fin n'en faisaient pas partie.

Après un court entracte, durant lequel Arjun massa puis doucha les athlètes en les frottant avec une poudre d'écorce de citron séché pour éliminer le gras, tout le monde se retrouva dans le bureau de Bijal autour d'un généreux buffet. A nouveau muni de son précieux parapluie que pour un peu il aurait laissé au vestiaire, Doc s'amusa beaucoup des propos flatteurs du producteur étranger, reçut avec modestie mais sans déplaisir les compliments de Tâmrâ et d'Arundhatî et plaisanta avec Arjun et Sandip, qui s'étonnait de voir son adversaire si bien entraîné malgré son emploi du temps.

— Comment fais-tu pour rester aussi souple, aussi fort, aussi rapide qu'au temps où on s'exerçait ensemble plusieurs heures par jour sous l'œil impitoyable de notre exigeant instructeur ?

Doc sourit en désignant Arjun.

— Demande-le à celui à qui nous devrons de nous réveiller demain sans crampes ni courbatures. En attendant, allons retrouver les cascadeurs !

Apercevant Atal Roy, le jeune cinéaste bengali, il s'approcha de lui et, pris d'une inspiration diabolique, lui lança à brûle-pourpoint :

— Quand vous verrez Raghunâth, dites-lui que sa sœur se fait un sang d'encre et que ce n'est pas en restant caché qu'il arrangera ses affaires. Dites-lui aussi de ma part qu'une forteresse sans issue est pire qu'une prison.

Le Bengali sursauta, changea de couleur puis il murmura un « D'accord ! » que Doc devina plus qu'il ne l'entendit.

Il ne s'était donc pas trompé.

Il passa encore un moment avec les cascadeurs que Sandip était venu entraîner pour un prochain tournage, répondit obligeamment à toutes leurs questions et regarda avec intérêt quelques-uns de leurs échanges au bâton ou à l'épée. La plupart, adeptes d'autres arts martiaux, de lutte et même de *nakho ka mushti*, une boxe de la région de Bombay anciennement pratiquée par des moines avec des gantelets de maille de fer, n'étaient pas mauvais du tout.

Leurs attaques, cependant, étaient un peu trop heurtées et hargneuses pour ressembler à du vrai *kalaripayatt*. C'étaient dans l'ensemble plutôt des tueurs et Sandip avait encore du travail devant lui. Si les coups au gantelet de fer sont souvent mortels, ceux que l'on porte au *kalari*, même s'ils peuvent l'être en théorie, doivent être aussitôt compensés par des soins. C'est pourquoi, à l'origine, chaque brahmane *nambudirî* champion de *kalaripayatt* se doublait obligatoirement d'un médecin. Il devait être en plus ferré sur la philosophie, la morale, la stratégie, et capable, par conséquent, de participer à des joutes verbales comme à toutes sortes d'affrontements purement doctrinaux.

A ces champions-ci, il manquerait peut-être un peu de la dimension spirituelle et éthique requise par la science du sabre et du bâton, mais cela ferait assurément un excellent spectacle pour grand public.

Chapitre 19

Il n'avait jamais autant fréquenté les cafés que durant ce séjour à Bombay. Cette fois-ci, c'était au New Empire, tout près de V.T., que Doc attendait un journaliste fort intéressé par l'enquête sur la mort suspecte de Priyankâ Dutt, née Basu.

Ce café en plein air occupe un triangle délimité par deux rues aboutissant à la gare et, malgré le trafic intense à toute heure, la présence de grands tamariniers et d'épais buissons de lantanas donne une impression de relative tranquillité. Si on est vraiment pressé, on peut entrer dans la longue pièce vitrée et se faire servir au comptoir avant de revenir s'asseoir sous les arbres. Si on a du temps, et même beaucoup de temps, on peut attendre le bon vouloir du garçon et profiter de sa gouaille et de son humour, comme le faisait Doc en ce moment.

Dès que le journaliste arriva, un grand escogriffe un peu débraillé aux cheveux en bataille, il sut d'emblée qu'ils allaient s'entendre. Il avait éprouvé le besoin de le rencontrer pour essayer de le cuisiner un peu parce que certains détails contenus dans ses articles ne provenaient pas d'une source policière. Medhâ Thiyam le garantissait. Ils ne pouvaient donc émaner que d'une personne ayant intimement côtoyé la victime. Doc avait naturellement pensé à Kapil Basu qui, d'après lui, était le seul à connaître l'existence de l'agenda et surtout des lettres. Les Dutt, coupables ou pas, n'auraient eu, en effet, aucun intérêt à en parler à quiconque. D'ailleurs, bien qu'habitués aux relations avec la presse, ces derniers ne répondaient pas volontiers aux questions concernant le fâcheux voyage.

Le journaliste ne se fit pas trop prier pour reconnaître qu'il tenait bien ces détails de Basu. Il confirma également la détermination qu'avait ce dernier de nuire aux Dutt par tous les moyens et l'emploi courant qu'il faisait d'espions et de gros bras prêts à tous les mauvais coups.

Sous les ombrages du New Empire, ils s'accordèrent pour dire que l'agitation et la vindicte de Basu visaient probablement aussi à protéger la réputation posthume de sa fille. Quand Doc émit l'avis que le père de Priyankâ cherchait peut-être, en plus, à faire aboutir par-delà la mort le piège tendu à son gendre par sa fille, sans savoir que ce serait à elle qu'il serait fatal, l'autre eut l'air sincèrement surpris. Mais après en avoir débattu encore un bon moment, ils finirent par se convaincre que, si l'enquête ne concluait pas au suicide, les Dutt paieraient et que Basu y gagnerait puisqu'il aurait alors, une fois son désir de vengeance accompli, la consolation illusoire de n'avoir pas perdu sa fille pour rien.

Pourtant, avant de se séparer, ils exprimèrent tous les deux leur conviction que quelque chose clochait, pour la bonne raison que ni l'un ni l'autre ne croyaient à un assassinat perpétré par le mari, pas plus qu'à un improbable suicide par désespoir. Pourquoi ne pas tenter un petit coup de bluff et voir si cela ne susciterait pas une réaction quelconque ? Deux minutes plus tard, ils tenaient le titre d'un prochain article :

Bombay Express :
C'ÉTAIT BIEN UN SUICIDE !

Il ne restait plus qu'à pondre quelques colonnes du même tonneau.

Revenu à Marine Drive, Doc rencontra Arjun au pied de l'immeuble. Sans avoir à se consulter, au lieu de monter directement, ils se dirigèrent vers la plage et se mirent à arpenter la frange de sable durci par le flot.

— Tu sais, depuis que tu lui as conseillé de supprimer les *chapati*, le *ghee*, le *lassi* et les farineux, elle souffre beaucoup moins de ses migraines et de sa sinusite. Bien sûr, elle râle sans arrêt de devoir se contenter de riz cuit dans du caillé, mais je crois qu'elle tient bon.

Elle, c'était la commissaire Thiyam. Arjun ne manifesta aucun étonnement et demanda :

— Et ses hallucinations sensorielles ?

— On dirait aussi qu'avec le remède que tu lui as donné pour la circulation veineuse, elle ne ressent plus autant de ces décharges électriques, piqûres, brûlures, fourmillements, bref toutes ces sensations cutanées morbides, qui lui empoisonnent la vie.

— Même si elle n'en était pas encore à la sensation permanente d'insectes lui courant sur la peau, elle aurait aussi bien pu finir chez l'exorciste ! Tu te souviens, elle n'arrêtait pas de chercher à enlever tous ces fils qui la gênaient, alors qu'il n'y avait pas le moindre fil ?

Evidemment, les deux médecins pensaient que certains des ennuis de Medhâ étaient liés à des troubles psychologiques profonds et ne s'atténueraient que par le traitement de son anxiété et de ses tendances dépressives. Mais Arjun, pour parer au plus pressé et ne pas avoir l'air de nier une souffrance bien réelle, traitait en priorité les manifestations purement physiques du désordre psychique que constituait en gros l'hystérie de la patiente.

— Il se trouve qu'elle présente une hypersenbilité cutanée, mais cela aurait aussi bien pu se manifester par une insensibilité totale.

— Ou par une sorte de paralysie, une cécité partielle, ou, ce qui est plus dans l'air du temps, une fatigue insurmontable ou encore une bonne spasmophilie, c'est plus courant qu'on ne croit.

La réaction espérée ne se fit pas attendre. Le lendemain, dès la parution de l'article sur le suicide du train, Doc reçut un appel de Basu père qui le priait très aimablement mais en termes pressants de venir le voir. Doc ne demandait pas mieux, aussi ne tarda-t-il pas à s'exécuter. Puisque Basu l'invitait, il n'aurait même pas besoin d'être accompagné d'un policier muni d'un mandat de perquisition.

— Mais qu'est-ce que c'est que cette histoire ? Ma fille ne s'est pas suicidée, je suis formel ! Elle était d'une telle gaieté, si vous saviez !

Il arrive que l'on soit très gai avant de se suicider, cela s'est vu. Assis dans l'une des innombrables pièces de la confortable résidence des Basu à Strand Road, Doc regardait avec intérêt le gros homme aux yeux plissés qui n'avait pas perdu de temps pour entrer dans le vif du sujet. S'il tenait tant à écarter la thèse du suicide pour favoriser celle de l'assassinat, c'était de toute évidence pour perdre son gendre, Bijal. Mais ce que Doc voulait découvrir en se rendant à cette invitation, c'était sur quoi s'appuyait Basu pour se montrer aussi catégorique. Il ne fut pas déçu.

— Par exemple, dites-moi si quelqu'un qui a l'intention de se supprimer commande une telle quantité de nouvelles tenues…

En disant cela, Basu tendait à Doc des factures des meilleurs faiseurs de la ville. Saris de luxe, châles coûteux, chaussures d'hiver, sacs de voyage, nécessaires de toilette. Les dates des commandes correspondaient bien aux jours précédant le départ de Priyankâ pour Madras.

— Et où sont tous ces articles maintenant ?

— J'ai réglé toutes les factures et tout fait livrer ici. Je ne sais pas ce qu'on va en faire. Ma femme…

La voix lui manqua et le pauvre homme s'interrompit pour se passer la main sur les yeux. Doc lui adressa un petit sourire de réconfort et détourna le regard vers les arbres du jardin, au-delà desquels on apercevait les mâts des bateaux qui se balançaient langoureusement dans le port du Royal Bombay Yacht Club voisin.

— Vous savez, Doc, je n'ai pas oublié vous avoir dit un jour de ne pas vous mêler de cette histoire et vous trouvez sans doute bizarre que je fasse appel à vous aujourd'hui. Mais comprenez-moi…

Doc n'avait rien oublié non plus mais, par égard pour le chagrin de Basu, il n'avait pas voulu rappeler le passé. Par égard et par curiosité aussi, car il avait envie de savoir où l'autre voulait en venir.

— Donc, d'après vous, votre fille n'était pas le moins du monde déprimée et n'avait aucune raison de mettre fin à ses jours ?

— Elle était au contraire extrêmement joyeuse quand elle est venue nous dire au revoir et elle n'a fait que nous parler des projets qu'elle avait pour son retour.

— Si elle était si contente de partir en voyage avec son mari et sa belle-mère, c'est qu'ils ne s'entendaient pas si mal, Comment se fait-il alors que Bijal, qui est tout sauf violent, ait soudain décidé de la tuer ?

Comme s'il voulait éviter d'imaginer cette scène, insupportable pour un père, Basu se leva et demeura un instant devant une des bow-windows. Croyant deviner que plusieurs idées contradictoires se livraient un rude combat dans son esprit tortueux, Doc l'aida :

— Je sais que vous adoriez votre fille mais je crois savoir aussi que vous détestez votre gendre. Ne vous serait-il pas possible d'abandonner un instant ces sentiments extrêmes pour regarder enfin la réalité en face ?

— Je ne l'ai pas toujours détesté. C'est seulement depuis que j'ai compris qu'il n'avait épousé Priyankâ que pour son argent, alors que c'était un vrai trésor de fille.

— Bien sûr. (Doc revoyait l'air maussade et supérieur du trésor.) Mais ne croyez-vous pas qu'une homme du milieu de Bijal aurait préféré divorcer plutôt que commettre un meurtre ?

Basu ne répondit rien. Il ne fallait surtout pas se laisser embobiner par ce brahmane satanique et sa prétendue sagesse. Il plissa les yeux, exactement comme le faisait Priyankâ quand elle réfléchissait, attendit encore quelques secondes, puis se décida enfin à parler :

— Si j'étais jusqu'ici contre l'hypothèse du suicide, c'était évidemment pour accabler Bijal et lui faire payer sa goujaterie en faisant de lui le suspect le plus évident. J'avoue franchement qu'à une époque pas si éloignée, un procès contre lui m'aurait comblé d'aise. Pourtant, bien que je lui garde une rancune qui jamais ne s'effacera, je suis prêt à accepter l'idée qu'il ne l'a pas tuée. Parce que leur relation n'avait rien de passionné, parce que, effectivement, il est de ceux qui divorcent mais ne tuent pas, parce qu'il n'aurait jamais choisi ce moyen ignoble, parce que...

Il se tut, le temps d'ouvrir la porte et d'adresser quelques mots à quelqu'un qui se trouvait dans le couloir mais que Doc ne put voir.

Quand Basu revint s'asseoir en face de lui, il avait retrouvé sa contenance habituelle d'homme rusé et sûr de lui.

— Vous m'êtes sympathique, je vous l'ai déjà dit, mais je me méfie un peu de vous parce que je sais que vous êtes du côté des Dutt...

Doc prit son air le plus candide et l'interrompit en souriant :

— Détrompez-vous, je ne suis ni pour ni contre les Dutt. Mais, puisqu'ils m'ont mêlé à leurs ennuis et puisque ça arrangeait la commissaire Thiyam que je serve parfois d'intermédiaire, j'ai seulement essayé d'y voir clair. Si, en plus, je pouvais contribuer à éviter une erreur judiciaire, je serais satisfait. C'est tout.

Basu l'écouta attentivement et lui rendit même son sourire.

— Alors, j'ai bien envie de vous faire un aveu. Voilà : Priyankâ avait des projets plus que précis pour son retour.

Il attendit un peu pour voir l'effet produit par ces paroles mais comme Doc semblait perdu dans la contemplation d'un tableau moderne qui mobilisait tout son intérêt, il s'éclaircit la voix avant de continuer :

— Je peux vous garantir qu'elle n'avait pas du tout l'intention d'en finir avec la vie pour une bonne raison : elle avait noué une autre relation… comment dire… amoureuse, et ne pensait certainement pas ne pas revenir vivante de Madras. Et puis, regardez ça…

Il désignait dans un coin de la pièce un élégant fourre-tout contenant plusieurs saris. Probablement ceux qui manquaient chez les Dutt. Ainsi, elle avait bien emporté des affaires chez ses parents, comme si elle n'avait pas l'intention de retourner chez son époux au retour d'un voyage au cours duquel il aurait tenté de l'assassiner, et elle avait laissé en évidence des preuves qu'elle croyait accablantes pour lui.

Cette fois, il avait réussi à ramener sur lui le regard du brahmane.

— Vraiment ? Voilà qui change tout. Et vous connaissiez l'heureux élu ?

— C'est le fils d'un de mes amis et je m'en vais vous le présenter dans un instant. Un brave garçon et qui l'aimait, lui, depuis toujours. Elle lui avait préféré Bijal Dutt par manque de jugeote et aussi parce que c'était, d'après elle, une bonne occasion de se lancer dans le cinéma.

« On ne fait pas plus romantique », se dit Doc

pendant que se poursuivait le récit de la vie amoureuse de Priyankâ.

— Mais elle a dû déchanter et, après quantité de déceptions et de vexations, ma fille s'est rapprochée de son ancien soupirant jusqu'à envisager de divorcer pour l'épouser.

Doc réfléchissait à ce qu'il venait d'entendre. Si Priyankâ n'avait pas attenté à sa vie, comme le confirmaient l'absence d'une lettre expliquant son geste et l'existence de nombreux projets, et si on l'avait assassinée, le problème restait entier : il fallait trouver l'assassin et comprendre comment il avait fait pour entrer. A moins que… il revenait malgré lui à une idée qu'il trouvait décidément séduisante : celle du suicide – ou du simulacre de suicide – par chantage. Difficile d'en parler au père, ce serait le meilleur moyen de lui faire regretter ses confidences. Car, si Basu avait jusqu'ici gardé pour lui l'histoire d'amour de sa fille, ce n'était pas seulement pour mettre Bijal dans un mauvais cas, mais aussi pour ne pas flétrir la réputation de la défunte. Une femme d'abord méprisée, puis lâchement liquidée suscite plus sûrement la compassion qu'une femme dont on découvre qu'elle était légère ou engagée ailleurs.

Basu se leva pour prendre dans un tiroir le passeport de Priyankâ et montra fièrement à son visiteur une série de visas pour différents pays européens. En effet, Priyankâ avait en tout cas des projets de voyage. Et, avant de partir pour Madras, elle avait même averti ses parents du danger qui la menaçait. Sa lettre, celle que Basu brandissait au club, était à l'opposé de ce qu'écrit quelqu'un qui va se supprimer.

Peu après, on leur apporta des boissons et l'hôte en profita pour s'éclipser. Absorbé, Doc fixait sans le voir le plateau chargé de verres et de carafons embués. Pourquoi, dans ces conditions, l'aventure avec Raghunâth n'avait-elle pas été censurée par l'intéressée ou par ses parents ? Non seulement Priyankâ avait partout semé des preuves de cette prétendue liaison mais ses parents n'avaient rien fait pour la nier. Etait-ce parce que cette aventure, apparemment montée de toutes pièces, occultait l'autre ? Et aussi parce que, dans le cas du secrétaire, Priyankâ pouvait faire croire que le jeune homme (qu'elle voyait constamment puisqu'il travaillait pour eux) l'avait poursuivie de ses assiduités, qu'elle avait résisté le plus possible, mais que malheureusement, au cours du voyage de retour en train, le mari avait cru découvrir son infortune et ne l'avait pas supporté ? Cela prouvait, en tout cas, qu'elle avait été prompte à imaginer ce scénario, dès qu'il avait été question de rentrer en train. Qui avait dit que ce n'était pas une scénariste inventive ?

Quand Basu reparut, accompagné d'un homme assez jeune à l'air doux et triste, Doc n'était toujours pas plus avancé.

— Permettez-moi de vous présenter Khushwant Rane. Le véritable amour de Priyankâ et un vrai fils pour nous dont il partage aussi la peine.

M. Rane salua timidement le visiteur. Il tenait

à la main un paquet dont il sortit religieusement ce qui ressemblait à un sac à dos en cuir de buffle. L'objet parut à Doc de toute beauté et il lança à Basu un regard interrogateur.

— Priyankâ a fait envoyer à Khushwant ce cadeau acheté pour lui à l'hôtel Connemara où elle séjournait à Madras. Tenez, lisez le mot qui accompagnait le sac.

A K.R. Pour nos futures excursions ensemble. Love. P. B.

Tiens, tiens, les mêmes initiales que celles de Raghunâth Kesri mais inversées. Remplir le faux agenda de ces deux initiales indifféremment dans un ordre ou l'autre, voilà qui avait dû bien amuser la jeune femme, toujours à l'affût d'un bon canular. En plus, son agenda truqué ne mentait pas tout à fait : elle avait bien des rendez-vous avec un certain R.K. ou K.R. mais qui n'était pas celui qu'elle voulait qu'on croie ! Et elle avait signé P.B. comme si déjà elle ne s'appelait plus Dutt.

Tandis que Doc se retrouvait avec un casse-tête supplémentaire, Kapil Basu, lui, paraissait tout rasséréné. On l'aurait dit débarrassé d'un poids devenu trop encombrant. Tant mieux pour lui, mais il ne fallait tout de même pas lui laisser croire qu'il pouvait duper tout le monde.

— Tout cela est très touchant et je compatis à votre peine à tous les trois. Mais, dites-moi, l'incendie de son compartiment ne tombait-il pas à pic si Priyankâ souhaitait quitter son mari ?

M. Rane eut une expression douloureuse – désapprouvait-il l'insolence du terme « à pic » appliqué à une tragédie ? – et Kapil Basu reprit sa mine rusée pour rétorquer :

— Si notre pauvre Priyankâ avait eu l'idée insensée de mettre elle-même le feu à sa personne pour faire accuser Bijal, à moins de vouloir mourir, ce qui n'est pas du tout vraisemblable, aurait-elle fermé sa porte au verrou ?

Très juste.

Chapitre 20

A Gateway of India, il resta un moment à regarder les ferries qui partaient surchargés pour l'île d'Elephanta. Basu avait fini par lui dire que c'était pour préserver le renom de sa fille qu'il avait cherché à faire reprendre les documents à Malabar Hill par un de ses hommes. L'attaque de Colaba, c'était une sorte d'avertissement : le brahmane ne devait pas se mêler de ce qui ne le regardait pas. Il avait aussi reconnu l'avoir fait filer, mais il s'était bien gardé de mentionner le plongeon dans la cuve d'indigo. Peut-être appréciait-il les blagues plus modérément que sa fille. Quant au petit revolver, qu'il lui avait lui-même offert, Priyankâ l'avait toujours gardé car l'idée d'être armée comme dans un film l'amusait, mais cela n'avait rien à voir avec sa triste fin.

A une allure moins rapide que d'habitude, Doc s'en revint par Apollo Bunder et Shivajî Marg. Les fleurs épanouies des flamboyants incendiaient la paisible avenue.

Peut-être parce qu'Amritâ en portait une dans ses cheveux cette fois-là, ces fleurs lui rappelèrent le jour où elle était si nerveuse qu'il avait dû la raccompagner chez elle depuis le commissariat où elle venait de signaler la disparition de son frère. Arrivé là-bas, il n'avait pu s'empêcher, en passant devant la chambre vide de Raghunâth, de poser quelques questions.

Avait-il emporté quoi que ce soit qui pût faire penser à une fugue préméditée ? Avait-elle une idée de l'endroit où il avait pu se réfugier ? Non, il ne manquait rien. Non, elle ne pouvait, hélas, imaginer où il se cachait. Sur le moment, il l'avait crue parce qu'elle lui paraissait trop désemparée pour mentir et trop désireuse de retrouver son frère.

Pourtant, un détail avait fortement retenu son attention. Il était en train de regarder les quelques bibelots dans la chambre du garçon, ainsi que ses livres – presque tous sur le cinéma –, et voilà qu'Amritâ s'était arrêtée devant une collection d'objets qu'elle avait qualifiés de « ferroviaires ». Un petit marteau casse-vitres, quelques plaques émaillées (*Défense de cracher du bétel, Défense de s'asseoir à plus de dix sur les banquettes, Défense de dormir dans les filets à bagages*), un miroir portant le sigle I.R., un sifflet tout usé, un gobelet, un insigne, un fanion, une cloche en laiton, une boîte à réclamations, enfin un livre d'or signé par lord Mountbatten, le dernier vice-roi britannique. La signature avait toutes les apparences d'un faux manifeste.

Elle lui avait alors raconté que, dans son enfance, Raghunâth avait coutume d'aller à la gare jouer avec le fils du chef de station. A eux deux, ils avaient constitué un véritable petit musée du chemin de fer, dont on ne voyait ici que les quelques pièces que Raghunâth avait toujours voulu garder, même si sa passion pour le cinéma avait depuis balayé toutes les autres. La jeune femme avait même ajouté avec une fierté naïve que son frère connaissait par cœur les horaires et les destinations de tous les trains, ainsi que tous les petits trucs du système ferroviaire.

Amritâ s'attendrissait à ces souvenirs et il la sentait prête à en évoquer d'autres. Mais il la vit tout à coup froncer les sourcils, hésitante. Elle se mordit les lèvres avant de se taire et d'entraîner Doc hors de la pièce, en lui proposant un café.

— Il manque quelque chose ?

Si c'était le cas, elle n'avait pas jugé bon de lui faire part de sa découverte.

Situé dans une ruelle perpendiculaire à Dr D. Naoroji Road, cet établissement compte parmi les hauts lieux de Bombay. Ni café, ni restaurant, ni hôtel. On peut cependant y boire un des meilleurs thés au lait de la ville, y manger un succulent riz au gras ou de fameux œufs sur le plat, y faire sur un coin de table une petite sieste sans être dérangé. Il est tenu par des Parsîs au sourire bon enfant et la clientèle, peu nombreuse, y est généralement aussi calme et docte que les patrons.

C'est qu'il faut le connaître pour venir profiter de sa fraîche pénombre et s'émerveiller du spectacle de l'arbre dont le tronc énorme occupe une partie de la salle et dont le faîte et les branches supérieures sortent par un trou du plafond. Certains jours, les gazouillis couvrent les voix des consommateurs et ponctuent la suave musique persane diffusée en permanence.

— On va chez les Persans ?

Un vrai cri de ralliement pour Doc et Arjun, qui avaient des raisons de choisir cet endroit plutôt qu'un autre. Ils l'avaient découvert bien des années auparavant et y venaient au moins une fois par séjour. C'était le lieu idéal pour leurs séances spéciales : conversation strictement privée où chacun pouvait s'exprimer à bâtons rompus (ou ce qui aurait sonné comme tel à une oreille non avertie) sur un sujet lui tenant à cœur, dans le but d'en informer l'autre, mais aussi dans celui de progresser dans sa propre réflexion. L'autre intervenait peu, mais jamais gratuitement. Arjun, qui aujourd'hui écoutait son ami, excellait dans ce genre d'exercice, et l'un comme l'autre étaient parfaitement conscients des propriétés maïeutiques de ces échanges d'un genre particulier.

Après quelques digressions, indispensables à un bon démarrage de la discussion, Doc en vint aux faits.

— Tu sais que le Patron me persécute ? Elle continue à me seriner d'une part que la dissimulation de preuves ou de tout élément d'une enquête est illégale, d'autre part qu'elle va incessamment inculper Bijal.

— Et quel moyen légal peut-elle employer pour t'empêcher de fureter et de rassembler tes propres preuves ?

— Ce ne serait pas forcément un moyen « légal », paraît-il.

Il rapporta ensuite à Arjun les tout derniers développements de l'affaire. Grâce au stratagème de Doc, Raghunâth était revenu le matin même et la commissaire l'avait aussitôt interrogé. Le jeune homme avait raconté la drôle de mise en scène imaginée par Priyankâ Dutt pour piéger son mari : l'idée avait pris corps dès qu'un éventuel retour en train avait été envisagé. Elle lui avait offert un nécessaire à fumer en ayant soin de laisser bien visibles lettres, photo et agenda truqués. Elle se proposait d'accuser Bijal d'avoir mis par jalousie le feu à son sari après avoir découvert son idylle avec le secrétaire. Elle porterait de préférence à un autre, moins inflammable, un sari en acétate.

Tout cela, laissait entendre le jeune homme, par pure vengeance d'avoir été négligée par lui – « Une femme méprisée est plus à craindre que toutes les calamités » –, de n'avoir pas réussi à le séparer de sa mère et de n'avoir pu tirer de ce mariage un profit pour sa carrière. Devant l'air profondément sceptique de la commissaire, Raghunâth avait ajouté que, toujours d'après le plan de Priyankâ, il était supposé la sauver du geste meurtrier de Bijal en se précipitant chez elle pour éteindre le feu et tirer le signal d'alarme.

C'était donc ainsi : elle avait évidemment prévu d'être secourue avant qu'il ne fût trop tard et ne comptait certainement pas mourir. Elle avait besoin pour cela de la complicité de Raghunâth. Et elle n'avait laissé aucune trace écrite de son geste, car ses revendications, elle espérait les faire connaître de vive-voix, en même temps que ses accusations.

— Mais comment auriez-vous pu ouvrir une porte que son mari avait bouclée puisqu'il était, vous le savez comme moi, en possession du passe malencontreusement prêté par un employé imprudent ? Toute votre histoire est un ramassis d'absurdités sans queue ni tête !

La commissaire n'avait donc rien voulu croire et, pensant que les Dutt avaient soudoyé Raghunâth Kesri pour débiter cette version, elle l'avait fait écrouer. Par chance, Doc avait pu s'entretenir avec lui. C'était en effet un témoin difficile, peu fiable, émotif, fuyant, dissimulé, assez imaginatif pour mentir mais pas assez pour le faire jusqu'au bout. Cependant, l'emploi d'une tactique différente de celle du Patron avait provoqué d'autres confidences.

Raghunâth lui avait avoué qu'il s'était ouvert à Tâmrâ Dutt des projets absurdes de Priyankâ et que, sans paraître y accorder trop d'importance, l'actrice lui avait déconseillé de s'en mêler.

Il n'était pas au courant de l'existence d'un faux agenda, mais il soutenait – ce que sa sœur avait déjà affirmé antérieurement – qu'il n'avait jamais écrit les lettres laissées par Priyankâ comme preuve de leur liaison. Quant aux lettres, passionnées celles-là, qu'elle lui avait envoyées, il les avait mises en lieu sûr en prétendant les avoir détruites quand Priyankâ les lui avait réclamées. Il avait cru que c'était le contenu de ce paquet qu'Amritâ avait remis à Doc (il ignorait alors l'existence des photocopies) et, furieux de cette imprudence, il l'avait repris au café Naaz de Malabar Hill. Il voulait ainsi empêcher cet affreux bonhomme, envoyé tout exprès par Kapil Basu, qui soupçonnait que ces lettres n'avaient pas été détruites, de s'en emparer.

C'était, disait-il, pressé par sa sœur qu'il avait refusé de rendre ces lettres à Priyankâ. Il en voulait à Amritâ de les avoir confiées à Doc, d'autant plus qu'il était sûr que le père de Priyankâ irait jusqu'au crime pour les récupérer, tant il était évident que leur découverte accablerait la femme frivole qui les avait écrites. De son vivant, Priyankâ ne tenait nullement à ébruiter sa prétendue passion pour lui mais elle voulait seulement faire croire que lui était amoureux d'elle et que c'était ce qui avait rendu Bijal jaloux. Dans ce but, elle avait transformé une photo prise sur un tournage à Bollywood, tout simplement en faisant agrandir leurs deux têtes isolées du reste. En effet, on pouvait voir dans le bureau de Bijal des photos de groupe où ils se tenaient côte à côte au milieu des autres. Enfin, Priyankâ aurait voulu faire croire que son mari, après une discussion qui s'était envenimée, avait essayé de la tuer.

— Et, en réalité, vous étiez amoureux d'elle ou pas ?

— Moi ? Amoureux de la fille de celui qui a causé la mort de mon père ?

La réponse avait fusé avec violence.

Doc avait beau rapporter scrupuleusement à Arjun les propos de Raghunâth, il n'en obtenait pas la clarification souhaitée. Pourtant, où trouver ailleurs que chez les Persans un endroit plus tranquille, plus agréable, plus propice à leur petit jeu explicatif ? Il se leva pour commander encore du thé, plaisanta un instant avec l'un des patrons parsîs, observa les allées et venues d'un moineau affairé à emporter des miettes. Valait-il mieux continuer ainsi ou aborder d'autres sujets et laisser travailler le subconscient ? A propos de subconscient, il devait absolument rapporter cette anecdote à son ami.

— A un moment de cet entretien, Raghunâth a dit non sans une certaine ironie en parlant de Priyankâ : « Puisqu'elle me faisait l'*horreur* de m'aimer ». Il a soutenu ensuite qu'il avait dit « l'*honneur* de m'aimer. » Mais, grâce à ce lapsus, je n'ai plus eu de doute sur ses sentiments véritables à l'égard de cette femme, dont il dit par ailleurs qu'elle ne lui plaisait pas du tout. Pour le reste, il cache quelque chose et il me manque un élément important pour prouver que, même si ce n'était pas intentionnel, cette mort est un semblant de suicide par vengeance. De ceux que mentionnent certains *shâstra*, dont l'*Arthashâstra*.

Doc butait toujours contre le même obstacle : si elle avait formé le projet de simuler une agression et d'être sauvée par Raghunâth pour pouvoir ensuite porter plainte contre son mari, le compromettre et divorcer, quel était le grain de sable qui s'était mis dans les rouages et avait fait capoter ce projet satanique en occasionnant sa mort ?

De nos jours, il suffit à un policier moderne d'intégrer dans son ordinateur les données recueillies sur un crime ou un suspect pour que, grâce au miracle informatique, recoupements et rapprochements apparaissent automatiquement sur l'écran. Alors, avec un peu de chance, se dessine un profil psychologique du malfaiteur ou, en tout cas, surgit un fil conducteur. A sa manière, Doc ne faisait rien d'autre que laisser décanter les données en sa possession pour que dans son cerveau – que ses proches comparaient parfois à un disque dur – survienne le lien entre ces informations et le coupable, et que s'opère la synthèse des informations à sa disposition. Mais, à cet instant, son ordinateur cérébral était bel et bien en panne et il se lamentait :

— Je me demande si ce coup sur la tête que j'ai reçu à Hyderâbâd[1], tu t'en souviens, ne m'aurait pas endommagé le cerveau ?

---

1. Voir *Coup bas à Hyderâbâd*.

— Ça a évidemment pu laisser des traces, répliqua Arjun avec son calme habituel, mais je ne m'en suis pas aperçu. Essaie donc de tout effacer et de repartir de zéro.

— D'accord. Mettons de côté impressions et préjugés, et voyons : nous ne connaissions pas la victime et, n'étant nullement misogynes, nous n'avons pas de raison *a priori* de lui prêter ces noirs projets. Nous ne sommes pas des justiciers, donc peu nous importe que justice soit faite ou pas. Nous ne sommes peut-être pas aussi féministes que la commissaire, aussi ne sommes-nous pas enclins à penser systématiquement qu'il s'agit d'un assassinat perpétré par le mari et la belle-famille. Comme je le disais à Basu, nous ne sommes ni pour ni contre les Dutt et ne voulons ni les disculper à tout prix ni les accabler. Bref, nous revendiquons notre liberté de penser et d'élucider le mystère, mais nous sommes bloqués quelque part...

Après s'être assuré pour la forme qu'Arjun l'approuvait, il passa aux personnages impliqués dans le drame à des titres divers :

Tâmrâ Dutt : star narcissique et égoïste, assez maladivement attachée à son fils pour avoir voulu se débarrasser d'une rivale et, qui plus est, d'une bru qui n'apportait aucun avantage financier. Pourquoi la *Bâyî* tolérait-elle alors Arundhatî, pourtant beaucoup plus belle et beaucoup moins riche que Priyankâ ? Plus ou moins au courant de ce que préparait sa bru, elle avait choisi de croire à une mauvaise plaisanterie, du genre de celles dont Priyankâ était coutumière.

Bijal Dutt : producteur de films dans une situation pécuniaire suffisamment délicate pour avoir pu éprouver l'envie de devenir veuf afin de se remarier avec profit, sa femme ne lui plaisant pas et n'ayant même pas l'avantage de la générosité. N'aurait-il vraiment pas pu trouver d'autre moyen d'arriver à ses fins ? Coupable, n'aurait-il pas dissimulé sa liaison avec Arundhatî, par un semblant de décence généralement imposé par la culpabilité ? Son alibi était certes inexistant mais un alibi en béton n'est pas forcément crédible et peut avoir été ourdi de toutes pièces pour pouvoir ensuite être démonté et remonté sans faille. Bijal, toujours, s'il était d'un tempérament si intéressé, se serait-il ensuite entiché d'une Arundhatî, resplendissante certes, mais sans le sou, à part d'hypothétiques cachets ?

Priyankâ Dutt : jeune femme ambitieuse, accoutumée à voir toutes ses volontés accomplies, ayant compris trop tard, une fois confrontée au tandem insubmersible des Dutt, qu'on l'avait épousée par intérêt et que cette association ne lui permettrait même pas de percer comme scénariste ou réalisatrice. Assez profondément blessée dans sa vanité pour chercher à ridiculiser Bijal en s'amourachant du secrétaire. Avait-elle pu être assez folle pour s'être prise au jeu et avoir ensuite souffert de n'en être pas aimée non plus ? Avait-elle pu être alors sujette à des pulsions autodestructrices ? Tout cela paraissait absurde.

Raghunâth Kesri : jeune homme follement beau, à mi-chemin entre l'ange et la petite gouape, fasciné par le cinéma et ses pompes, immature, influençable, ambitieux mais peu réaliste et trop paresseux pour ne pas compter que sur sa troublante beauté. Vaniteux au point d'être flatté d'avoir été distingué par Priyankâ ; naïf au point de croire à ce qu'elle lui avait fait miroiter ; changeant au point de s'être lassé de ses effusions ; fou au point d'avoir voulu s'en libérer en profitant du plan retors de cette femme ? Mais comment diable alors l'aurait-il enfermée ? Et, s'il l'avait fait, pourquoi n'avait-elle pas pu ouvrir, puisque cela n'avait rien de difficile et qu'on savait, d'après les marques sur le sol, qu'elle était allée vers la porte ? A moins que…

Arjun pensait à Priyankâ et, comme il avait du mal à se faire une idée claire du caractère de la victime, il demanda :

— Elle était donc si farceuse que ça ?

— On dirait. On ne parle que de ses facéties en classe, de ses moqueries et taquineries envers tout le monde, de son ironie permanente, de son goût immodéré pour les farces et attrapes, ainsi que pour les mystifications. Même le titre de son scénario le proclame, alors que le contenu est sans rapport avec son aventure. Rappelle-toi dans le train, la niche qu'elle avait faite à la *Bâyî* en lui cachant ses bijoux… Mais tout de même, là, aimer les blagues au point d'en perdre la vie…

Doc restait pensif. Une vague idée cherchait à s'imposer à lui sans y parvenir tout à fait. L'œil fixé sur certain souvenir, il passa à nouveau en revue tous les employés de l'express, qui avaient vite été mis hors de cause ; la femme de chambre, n'ayant aucune raison valable de commettre ce forfait et qui, pour des raisons « culturelles », ne s'y serait jamais prise ainsi ; le père Basu, qui en voulait assez aux Dutt pour les mettre dans le pétrin mais qui se trouvait à des centaines de kilomètres au moment de l'accident et n'aurait sûrement pas attenté à la vie de sa fille chérie !

Pourtant Basu savait qu'il se passerait quelque chose dans ce train : avant de partir, Priyankâ avait prévenu ses parents d'un risque pour sa vie ; elle avait laissé chez eux son véritable agenda ; elle n'avait rien caché de sa liaison et de ses projets avec M. Rane ; elle avait mis son père au courant des lettres qu'elle n'avait pu encore récupérer ; elle avait même emporté chez ses parents quelques affaires auxquelles elle tenait dans l'idée de ne pas retourner chez les Dutt après ce qui ne devait être qu'un incident qu'elle entendait exploiter à son avantage, mais qui avait tourné à la catastrophe pour elle.

Basu connaissait sans doute la supercherie et ne la désapprouvait pas. Mais peut-être ne connaissait-il pas tous les détails du piège qu'il aurait alors jugé trop dangereux pour le cautionner. Par la suite, il n'avait pas accepté de laisser les Dutt – qu'il détestait pour d'autres raisons – s'en tirer à bon compte si la mort suspecte de sa fille passait pour un suicide. De même, il en avait beaucoup voulu à Raghunâth de n'avoir pas joué le rôle salvateur que lui avait assigné Priyankâ. Et la vieille inimitié entre lui et le père du secrétaire n'avait pas arrangé les choses.

— Tout compte fait, n'en déplaise à la commissaire, affligée d'un esprit décidément un peu rigide, la thèse du suicide serait quand même la plus convaincante à cause de la porte verrouillée et des nombreux exemples dans les *shâstra,* mais quelque chose me chiffonne encore. Si c'était aussi simple, pourquoi Raghunâth cachait-il ses preuves au point de risquer sa vie ? Pourquoi se cachait-il lui-même s'il se savait innocent ? Il est possible que ce soit un suicide, mais il n'est pas davantage exclu que ça n'en soit pas vraiment un…

Il était déjà tard lorsque les deux amis se décidèrent à quitter leur refuge persan. Pour s'en revenir sans se presser vers Marine Drive, ils s'engagèrent dans Hazarimal Somani Marg, la magnifique avenue qui borde l'Azad Maidan. Au moment de traverser pour entrer dans le parc, ils manquèrent se faire renverser par une moto qui arrivait à toute allure. Ils s'apprêtaient à protester lorsque la conductrice qui avait freiné sec souleva la visière de son casque en leur faisant le plus ensorcelant des sourires d'excuse. Ils lui auraient pardonné n'importe quoi et la regardèrent repartir en trombe, tresse et écharpe soulevées par la vitesse.

Les joueurs de cricket avaient envahi les allées du vaste jardin public et ils durent fouler les pelouses ranimées par la récente mousson. Ils s'arrêtaient de temps en temps pour assister à un lancer de balle car le *maidan cricket*, ou le *galli cricket* joué dans les ruelles et allées, est partout si populaire que peu d'Indiens ne s'y intéressent pas au moins en passant, dans l'espoir de découvrir un nouveau petit Bradman, l'immense champion qui, lui aussi, commença dans la rue avec un simple bâton.

Une fine poussière de fin de jour dansait dans la lumière dorée du soleil couchant. La chaleur était tombée, il faisait presque doux. Les corneilles se rassemblaient à grand bruit au sommet des hauts margousiers. Des odeurs d'herbe coupée et de terre arrosée saturaient l'air immobile, mêlées au parfum poivré des lantanas. Le ciel empourpré jetait sur les visages un vif et fugitif éclat.

A cet instant, Ganesh le destructeur d'obstacles, qui probablement n'était pas encore parti bien loin, décida de briser pour Doc la dernière entrave. Du bout de son parapluie, celui-ci était en train d'écarter un rameau de lantana violet pour éviter de l'écraser quand la vue d'une lueur métallique sous les fleurs lui apporta une certitude : ce qui manquait dans la collection de Raghunâth, c'était bien évidemment un passe-partout destiné aux portes des compartiments de train !

Chapitre 21

— Ainsi, le coupable serait Raghunâth ?
— Non, Raghunâth n'est pas le seul coupable, mais c'est pourtant lui qui paiera.

Car c'était bien Raghunâth qui, en possession de son propre passe, celui qui provenait de sa collection d'« objets ferroviaires », et ignorant que Bijal s'en était fait prêter un par un employé du train, avait enfermé Priyankâ à *double* tour. Cette pièce manquante, au propre et au figuré, Doc l'avait retrouvée grâce à Ganesh ou à sa propre astuce. Raghunâth, lui, n'avait pu remettre le passe à sa place chez lui parce qu'il l'avait imprudemment égaré en voulant trop bien le cacher dans le train.

Voici donc comment on pouvait reconstituer la scène : après avoir branché le ventilateur, Priyankâ avait mis elle-même le feu à son sari. Raghunâth, qui était censé la secourir, n'était pas intervenu. Il avait tout de même tiré le signal d'alarme, mais il avait attendu trop longtemps avant de le faire, comme si quelque chose en lui refusait en fait de la sauver. Mais, ce qui changeait tout, avant de le faire, non seulement il n'était pas entré pour aider Priyankâ mais il avait verrouillé la porte à son insu, et de manière à ce qu'elle ne puisse pas l'ouvrir car, grâce à sa familiarité avec la vie des trains, il connaissait la particularité de ce genre de serrure.

Il disait avoir pris le passe avec lui par réflexe, sans savoir à quoi il lui servirait, car il soutenait n'avoir rien prémédité.

Pourtant, à la dernière minute, le jeune homme avait rejeté la combine de la jeune femme, qui consistait à simuler une querelle avec son mari, au terme de laquelle le sari aurait pris feu par la faute de Bijal. Il s'était en vain, affirmait-il, efforcé de la dissuader et n'avait consenti qu'à promettre de tirer le signal avant de disparaître pour faire croire que c'était elle qui l'avait tiré. Si, lors de l'enquête préliminaire, il avait tout de suite avoué l'avoir lui-même tiré sous le prétexte qu'il avait cru entendre des cris, c'était parce qu'il était évident – d'après les traces de brûlure sur le linoléum – que Priyankâ n'en avait pas été capable, pas plus qu'elle n'avait pu ouvrir la porte (ce qu'elle aurait réussi à faire si celle-ci n'avait été que verrouillée et non pas bloquée par lui à dessein). Ouvrir la fenêtre présentait une grande difficulté aussi pour quelqu'un qui était la proie des flammes, quant à arrêter le ventilateur, elle avait dû y renoncer de peur, en le manipulant, d'attiser encore le feu qui la dévorait.

Comme Raghunâth voyait son avenir meilleur avec Bijal qu'avec Priyankâ – toujours ce phénomène d'identification avec les gens de cinéma s'ajoutant à la haine des Basu, vieil héritage familial –, il avait pensé qu'avec une porte fermée de l'intérieur (et qu'il rendrait impossible à ouvrir, puisque lui seul connaissait, avec sa science des « petits trucs ferroviaires », l'existence de ce système de blocage réservé, pour des raisons de sécurité et de protection des biens, aux wagons de grand luxe, comme celui ajouté au train pour les Dutt), on concluerait au suicide, tandis qu'une porte ouverte, comme elle lui avait bien entendu demandé de la laisser, orienterait les enquêteurs vers le meurtre. Il avait en somme sacrifié Priyankâ à Bijal. Dévoué, ou intéressé, il avait ainsi protégé son employeur, mais n'avait pas eu assez de détermination ou de lucidité pour éviter un drame irréversible.

Il allait maintenant payer, accusé d'avoir agi en toute connaissance de cause et même avec un certain sadisme puisqu'il était au courant de ce qui se préparait. De plus, quand R.D. et le contrôleur l'avaient aperçu dans le couloir, il venait tout juste de débloquer la serrure qui leur avait donc paru simplement fermée de l'intérieur. Il savait, bien entendu, que l'employé aurait aussitôt compris l'utilisation du système spécial de double fermeture et que l'hypothèse du suicide n'aurait pas dans ce cas tenu un instant. L'enquête se serait alors orientée vers la culpabilité de chaque employé du chemin de fer présent, mais cela, il n'y avait sans doute pas pensé.

En ce qui concernait la femme, son intention était claire. La preuve : ce sari hautement inflammable. L'explication : le goût du jeu, plus une certaine inconscience et un courage certain, dicté par une diabolique envie de faire du mal. *Kasya phalam* ? Pour une fois, le profit de l'acte criminel aurait dû aller à la victime apparente, mais le destin, qui a plus d'un tour dans son sac, avait devancé et même outrepassé ses désirs pour finir par les contrecarrer.

Que cette femme, qui par sa naissance et sa position ne risquait pas ce genre de mort, se la soit infligée elle-même, c'était un comble ! D'ailleurs Tâmrâ, sa belle-mère, s'était écriée : « Je vous l'avais bien dit qu'elle avait mauvais goût, cela se voit jusque dans son ultime farce ! » Et c'était en effet le summum du mauvais goût : provoquer pour soi une mort affreuse, ordinairement infligée aux plus pauvres !

Cela ressemblait à une simulation de suicide par chantage et vengeance. Celui qui, comme Doc, connaît bien les *shâstra* est quasiment assuré de toujours y trouver toutes les situations possibles ainsi que leurs solutions, et cela sans doute parce que l'esprit humain a fonctionné, fonctionne et fonctionnera toujours selon un même mode de raisonnement. C'était une méthode peu scientifique mais quand une situation présentait une similitude avec celle d'un traité, Doc s'amusait à faire coïncider les faits réels et les autres. Bien sûr, on n'est pas censé trouver une solution sans pouvoir la démontrer et il est imprudent de façonner les événements pour qu'ils correspondent à une théorie. C'est pourquoi il se demandait encore s'il avait vraiment vu juste.

Quoi qu'il en soit, par la faute de Raghunâth, la tentative de chantage s'était transformée en meurtre et, aux yeux de la justice, le responsable en était le secrétaire, que Medhâ Thiyam avait inculpé en ouvrant une information judiciaire pour homicide volontaire avec préméditation. Du même coup, et au grand regret de la commissaire, les Dutt s'étaient trouvés innocentés. Somme toute, leur crime, qui avait consisté à annuler Priyankâ par leur indifférence, n'était passible d'aucune sanction légale.

Sans émettre le moindre avis et en se gardant de moraliser, Doc avait dû plusieurs fois relater l'histoire qu'il répéterait encore à bien des auditoires toujours plus étonnés. A ses hôtes, Kaustubh et Kamalâ, d'abord, et avec grand plaisir car il avait appris à apprécier Kaustubh, balourd de corps mais pas d'esprit. Puis à la *Bâyî,* entourée comme une reine de Bijal, d'Arundhatî plus rayonnante que jamais et de Milord qui avait consenti à oublier son *pomfret* faisandé à cœur pour écouter ces péripéties incroyables, en tout cas pour un chat. Souvenir impérissable, au moment où il l'avait quittée, Tâmrâ avait presque serré son ami brahmane sur son auguste personne.

Il se dit que, de toutes ces femmes rencontrées à Bombay, qui l'avaient intéressé, agacé, ému, provoqué, détesté, aimé, c'était l'actrice qui s'en tirait le mieux. La *Bâyî* était la seule vraiment épanouie.

Priyankâ, à la fois naïve et rouée, lui avait posé une curieuse énigme dont la solution, il s'en avisait tout à coup, se révélait beaucoup plus simple que toutes les spéculations qu'il avait pu faire : elle avait seulement cherché à donner une bonne leçon à un époux trop indifférent. Tout de même : si l'on admet que la vie n'a pas de sens, si le suicide, lui, n'en est pas dépourvu, du moins dans l'intention, la mort qui en résulte, quel sens lui donner ? Surtout dans le cas de quelqu'un qui a imaginé une macabre mise en scène mais n'a pas vraiment souhaité en finir avec la vie. Si la vie n'est qu'un songe, la mort ne serait-elle qu'une blague ? Cette considération l'emportait sur son léger dépit d'avoir soupçonné un suicide par chantage plutôt qu'une farce grotesque qui avait mal tourné. Le résultat était le même et c'était cela le plus affligeant.

Pour Amritâ, si ses longs yeux arrêtaient un jour de pleurer les malheurs de son frère, tous les espoirs de bonheur étaient encore permis. Pour Arundhatî aussi.

Il eut un sourire à la pensée que, peut-être, la somatisante commissaire ne le haïssait plus autant qu'avant. Elle l'avait même considéré sans antipathie quand il lui avait dit que, puisqu'elle l'avait un jour comparé à un *sheriff,* il avait accepté de jouer au *sheriff* pour lui éviter les allergies à un chat… et à sa maîtresse…

Et jusqu'à Felicity, le sergent du commissariat, qui, après l'avoir toujours appelé M. Foc, M. Roc, M. Soc, M. Hoc, M. Toc, lui avait enfin dit « Au revoir, *Doc* ! »

C'était la première fois que, mêlé à une affaire criminelle, il avait été soupçonné. Par Dhera de la sécurité ferroviaire d'abord, puis par la commissaire, par Tâmrâ Dutt, par Kapil Basu, plus ou moins pour plaisanter et parce qu'il s'était trouvé un des premiers sur le lieu du crime, dans l'endroit on ne peut plus clos qu'est un train de nuit en marche. Arjun s'en était offusqué mais il lui avait rétorqué :

— Rien d'anormal à ce que l'on soupçonne tout le monde, même le justicier que je suis parfois malgré moi ! Personne n'est au-dessus de tout soupçon et d'ailleurs, en quoi ce rôle m'empêcherait-il d'être coupable un jour ou l'autre ? Je crois même que je commencerais aussi par me soupçonner si je me rencontrais sur le lieu d'un crime…

Dans un an, la mousson reviendrait mais, après avoir lavé les rues à grande eau et dépoussiéré la verdure, elle avait cette fois déserté pour de bon, emportant avec elle les tensions et le mystère engendrés par l'affaire du train. Il était temps d'en faire autant. Ils allaient donc repartir, mais ils savaient déjà qu'ils regretteraient

Bombay. Qui croirait que cette ville grandiose, pleine de déracinés, faite d'espérances brûlantes et de violentes amertumes, d'éblouissements et de ténèbres, fut plusieurs fois, au cours de son histoire, cédée ou louée pour une poignée de monnaie ?

Doc allait regretter Bombay, mais Kaustubh et Kamalâ allaient regretter Doc, ses aventures et ses fantaisies. Que repartent les brahmanes-médecins, et Kamalâ recommencerait sûrement à vouloir dorloter son mari par le biais de ses fameux petits plats. De cela on pouvait être certain, mais Kaustubh, trop ravi de se sentir plus alerte, ne se laisserait pas faire. Il se disait prêt à poursuivre sa « diète de sept jours » en la renouvelant à l'infini jusqu'aux multiples de sept les plus élevés. Et personne ne pourrait dire que, comme de verser de l'eau dans un panier, ce régime avait été suivi en pure perte. En revanche, sous la forme d'un séjour princier, Doc avait pour une fois perçu son salaire avant même la guérison totale du malade.

Il convenait maintenant de rentrer à Madras pour mettre fin à cet épisode comparable à la mésaventure de Bhasmasura, un serviteur de Shiva qui, pour avoir voulu exercer sur son maître son pouvoir de brûler ce qu'il touchait, fut amené par une ruse de Vishnu à se réduire lui-même en cendres.

Comparable aussi à la mort de Holikâ, la sorcière qui tourmentait l'Inde et mourut victime d'une vengeance qu'elle destinait à un autre.

Elle aussi avait péri atrocement brûlée, prise comme la morte du Bombay Express à son propre piège, pour avoir accepté que l'on mît le feu à sa robe au moment où elle tenait sur ses genoux un neveu trop pieux et trop droit à son goût. L'enfant, condamné par elle à mourir alors que, grâce à un sortilège, elle ne serait même pas brûlée, avait été, lui, épargné par les dieux en raison de sa vertu. Au début du printemps, la fête de *Holî* commémore partout dans le pays la disparition de l'affreuse démone, en même temps que l'on célèbre le changement de saison. Alors, celui qui ne veut pas être aspergé par les bombes d'eau colorée ou de poudre cramoisie n'a pas le choix : il doit rester chez lui.

Emue à l'idée que Doc allait retrouver Vasantâ et les enfants, Kamalâ le surchargea de paquets et de cadeaux. Malgré sa préférence marquée pour les voyages sans bagages, il ne put que la remercier. Il voulait d'autant moins la contrarier qu'il la sentait perplexe à propos des effets salutaires sur son époux d'un régime dont le succès désavouait tant d'années de tendres attentions.

Heureux de leur compagnie et satisfait des soins prodigués par Doc et Arjun, Kaustubh, pour sa part, les pressait de rester encore un peu. Doc répondit avec bonne grâce : « Celui qui a quitté sa maison doit y revenir, sinon la distance d'un *krosha* devient celle d'un *yojana*. » Il voulait dire que cette distance devenait alors quatre fois supérieure au moins, ce qui finissait par rendre le retour de plus en plus improbable.

Kaustubh proposa alors de leur offrir des billets d'avion pour rentrer. On vit de la gaieté dans les yeux de Doc lorsqu'il refusa aimablement en prétextant que le voyage en train était bien plus amusant et qu'on ne risquait jamais de s'y ennuyer.

La mine espiègle, il souleva son parapluie, comme pour signifier qu'il serait aussi de la partie, et balaya regrets et insistance par un optimiste :

— Bah ! on reviendra…

Ce qu'il ne dit pas, c'est qu'il espérait ne jamais revenir pour enquêter sur un meurtre qui n'était au fond qu'une sinistre plaisanterie.

Glossaire

La plupart des termes étrangers sont généralement explicités par le contexte. On peut, cependant, en retrouver certains dans ce glossaire.

Arthashâstra. Traité sur l'art de gouverner, attribué au ministre Kautilya (– IVe siècle)
âyurveda. « Science de longue vie », médecine traditionnelle indienne.
Bâyî. Terme d'adresse honorifique pour une femme, marquant le respect ou l'affection.
basundi. Douceur au lait sucré caramélisé, agrémenté de safran, pistaches, raisins secs, graines de melon.
brahmane. Membre de la plus haute des quatre castes principales de l'Inde traditionnelle, composée à l'origine de prêtres et de savants.
carnatique. Appliqué à la musique, terme désignant la musique populaire ancienne du Sud, devenue classique (de Karnâtaka).
chakra. Roue. Attribut royal ou divin. Rouet. Arme de jet des Sikhs en forme de lame circulaire tranchante.

chapati. Sorte de galette de pain non levé.

Charaka. Médecin (Iᵉʳ-IIᵉ siècle), auteur d'un célèbre traité de médecine âyurvédique.

charkha. Rouet ancien (de *chakra*). Pour ne pas dépendre des importations britanniques, Gândhî conseillait aux Indiens de filer le coton de leurs vêtements (*khâdi*) et il donnait l'exemple.

Chennai. Nom de Madras, de plus en plus utilisé depuis un parti pris d'indianisation. Dérivé de Chennapatinam, le nom tamoul ancien de la ville.

dharma. Devoir. Règle. Ordre. Loi universelle régissant les êtres et les phénomènes naturels.

dhoti. Sorte de pagne porté par les hommes.

dosa. Fine galette généralement fourrée de pommes de terre épicées.

farshan. Croquettes de légumes d'une grande finesse et d'une variété infinie. Spécialité du Gujarât.

ghât. Escarpements montagneux dominant les côtes ouest et est du Deccan.

ghee (ghî). Beurre clarifié utilisé pour la cuisine ou les offrandes.

halwa. Gâteau de semoule.

Hemanchandra. Poète *jaina* (XIᵉ-XIIᵉ siècle), auteur de nombreux ouvrages hagiographiques, éthiques, philosophiques, poétiques.

hindî. Langue indo-européenne parlée dans le Nord de l'Inde.

idli. Boule de riz cuit à la vapeur, servie avec une sauce relevée et des chutneys.

Jain(a). Sectateur du jainisme, système philosophique et religieux devenu courant de pensée.

Kautilya. Ministre du roi Chandragupta (– IVᵉ siècle).

Auteur supposé d'un grand traité de politique, l'*Arthashâstra*.

kalaripayatt. Arts martiaux du Kerala, pratiqués avec un poignard, un sabre, un bâton.

krosha. Mesure linéaire valant environ quatre kilomètres. Lieue.

kshatriya. Membre de la deuxième des quatre castes principales de l'Inde traditionnelle, composée à l'origine de guerriers et de souverains.

Lala. Terme d'adresse pour un homme marquant un respect familier.

lassi. Boisson au yaourt parfumé.

M.G. Road. Abréviation courante de Mahâtma Gândhî Road.

malai. Crème au lait sucré.

marathî. Langue indo-européenne parlée au Mahârâshtra.

masala. Mixture de poudres d'épices variées servant à confectionner sauces et curries, dont chaque cuisinière garde la composition secrète. Par extension, mélange, brassage, métissage.

Mumbai. Nom indianisé de Bombay, provenant peut-être de Mumbadevî, nom d'une divinité locale, ou du portugais (d'où *mumbaikar*, habitant de Mumbai).

nâmaste. Geste de salut, mains jointes à la hauteur du front ou du cœur. Mot exprimant ce salut.

nân. Variété de pain plus ou moins gonflé.

paisa. Pièce de monnaie valant le centième d'une roupie.

pân. Feuille de bétel remplie d'ingrédients eupeptiques.

Panchatantra. Le plus ancien des recueils de fables et de contes sanskrits (v^e ou vi^e siècle).

Parsî. Communauté prospère d'Iraniens réfugiés en Inde depuis le viiie siècle.

payassam. Dessert roboratif de vermicelles au lait sucré.

pippal. Arbre sacré pour les hindous et les bouddhistes (*ficus religiosa*).

pomfret. Poisson apparenté au flétan, appelé aussi *bombîl* ou *bombay duck*.

pulao. Plat de riz au gras, épicé et garni de graines, de légumes et de fruits secs, servi comme plat complet ou en accompagnement.

râga. Combinaison musicale destinée à susciter sensations et émotions.

roti. Variété de pain plus ou moins croustillant.

satî. Coutume contraignant les veuves à s'immoler sur le bûcher funéraire de leur conjoint. La divine Satî, elle, portant au paroxysme l'amour filial et l'amour conjugal, et refusant de choisir entre les deux, s'était immolée à la suite d'une discorde survenue entre son père et son époux.

shâstra. Textes sanskrits non religieux traitant de tous les aspects du savoir et des lois.

shûdra. Membre de la dernière des quatre castes principales de l'Inde traditionnelle, composée à l'origine des serviteurs des trois autres castes (brahmane, kshatriya, vaishya).

Somadeva. Auteur supposé du recueil *Océan des rivières de contes* comprenant les célèbres *Contes du Vampire*.

tamoul ou tamil. Langue dravidienne parlée dans le sud de l'Inde, notamment au Tamilnâdu.

tandoori (**tandûri**). Viande ou poisson marinés dans des épices puis cuits au four.

thali. Plateau rond contenant un assortiment de légumes diversement accommodés, du bouillon épicé, une soupe de pois, des chutneys et pickles, du lait caillé, des desserts, entourant une montagne de riz et des galettes (*chapati*) ou des beignets (*puri*).

urdû. Dialecte de l'hindî occidental parlé par les musulmans.

Varuna. Divinité védique et hindoue des eaux, de la mer et des océans.

Veda. Les plus anciens textes de l'Inde, considérés comme la « Révélation » et le fondement de la civilisation indienne.

Vedânta. Un des six systèmes philosophiques majeurs.

V.T. Abréviation courante de Victoria Terminus, une des gares de Bombay.

vînâ. Instrument de musique à cordes, dédié à Sarasvatî, déesse du savoir, des arts, de la musique et de la parole.

wada. Une des nombreuses variétés de beignets, dont la pâte est truffée de pois et de piment.

yojana. Mesure linéaire valant environ seize kilomètres, soit quatre *krosha*, et représentant une journée de marche.

Achevé d'imprimer
sur les presses de
l'imprimerie France Quercy
113, rue André-Breton
46000 Cahors

Dépôt légal : mai 2002